이영미 1959년 서울에서 태어났다. 서울대학교 응용미술과를 졸업하고 〈샘이깊은물〉편집 디자이너,
김형윤편집회사 아트디렉터로 일했다. 프리랜서로 〈모닝캄〉, 박생광 탄생 백주년 기념 사업 출판물을
비롯한 여러 단행본, 사보들을 디자인했다. 2009년부터 2016년 봄까지 재단법인 예올 사무국장으로 일했다.
2016년에 루게릭병을 진단받아 지금까지 병석에 있다.
이 책에 실린 글과 사진은 그가 페이스북과 메모장에 남긴 것들이다. 혼자 힘으로 글을 쓸 수 있었던
2018년 8월까지의 기록이다. https://www.facebook.com/youngmi.lee.77398

누 울 래 ?

일 어 날 래 ?

괜 찮 아 ?

밥 먹 자

누 울 래 ?

일 어 날 래 ?

괜 찮 아 ?

밥 먹 자

초판 1쇄 인쇄 2021년 3월 23일
초판 2쇄 발행 2021년 4월 26일

지은이 _ 이영미
엮은이 _ 김연옥
디자인 _ 박영신
펴낸이 _ 천정한
펴낸곳 _ 도서출판 정한책방

출판등록 _ 2019년 4월 10일 제2019-000036호.
주소 _ 서울 은평구 은평로3길 34-2
        충북 괴산군 청천면 청천10길 4(충북사무소)
전화 _ 070-7724-4005
팩스 _ 02-6971-8784
블로그 _ http://blog.naver.com/junghanbooks
이메일 _ junghanbooks@naver.com
ISBN 979-11-87685-55-5 (03810)

누 울 래 ?

일 어 날 래 ?

괜 찮 아 ?

밥 먹 자

이 영 미

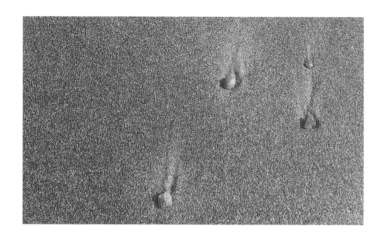

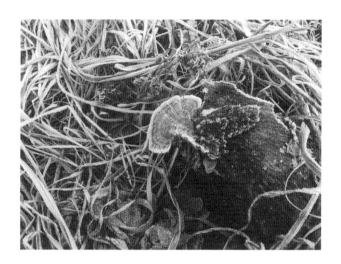

누 울 래 ?

일 어 날 래 ?

괜 찮 아 ?

밥 먹 자

이영미, 내게 과제를 던지다

김형윤
김형윤편집회사 대표. 〈뿌리깊은나무〉 전 편집장. 〈한국의 발견〉과 〈샘이깊은물〉을 만들면서 이영미와 일했다. 김형윤편집회사 초기 한 해 동안에도 같이 일했다.

이영미는 2016년 연초부터 아픈 사람으로 살아왔다.
루게릭이라는 병이다. 한 야구 선수의 이름을 빌려서 붙인 병명.
정식 명칭은 근위축성 측삭 경화증이다. '퇴행성 신경 질환'으로
아직 원인이 정확히 밝혀지지 않았다고 한다.
이 책은 2016년 1월, 발병 초기부터 그가 글을 쓸 수 있었던
2018년 8월까지 페이스북과 메모장에 기록한 글과 사진
중에서 추려 엮은 것이다.
책 제목인 누울래?, 일어날래?, 괜찮아?, 밥먹자는 본문에 나오는
말이다. 하루종일 식구들에게 듣는 고마운 말들이라고.

이영미는 나의 '뿌리깊은나무' 직장 동료였다. 나중에 그곳을
그만두고 내가 회사를 차렸을 때도 그는 남편 따라 영국으로
가기 전까지 한 1년을 직원 셋뿐인 구멍가게로 와서 일해주었다.
고마움이 깊다.
그는 두말할 나위 없이 솜씨 깔끔한 편집 디자이너였다. 드물게
말씨가 곱고 마음씨가 따뜻했다. 기독교의 표현을 빌면 '영육간'에
아름다운 사람이다.

듣자니, 의사는 인공호흡기를 낀 채 누워 지내는 제 환자의 숨이
'1 퍼센트 정도 남았다'고 말한다. 병명을 알게 된 지 다섯 해
지나는 동안 치료다운 치료는 없었던 것 같은데, 이제 의사는
지금처럼 인공호흡기에만 의지해서는 '오늘 밤에 숨이 멈춰도'
이상하지 않다고 말한다. 퍽 뻔뻔하게 들린다. 사실 병원은
처음부터 환자에게 딱히 해줄 일이 없었을 것이다.
나는 아픈 이의 일기를 읽으면서 의사들도 이 책을 탐독해야
할 것 같다는 생각을 한다. 10만 명에 한 명 꼴로 생긴다는
희귀병. 이 괴물의 정체를 아는 의사가 얼마나 될까?
막상 고통을 제 몸으로 겪는 환자의 실상에 근접해본 의사는?

일주일 단위로 눈에 띄는 변화들. 지난달엔 휠체어에서 손 잡고 일어나던 것이 이번 달엔 안아 일으켜야 하고. 부축해 몇 발자국 걷던 것도 이달엔 힘들어지고. 월별 진행은 더 눈에 띈다. 서서히 죽어가는 병 (⋯⋯) 봐주는 거 없이 어김없이 자기 할 일을 하고 있는 알 수 없는 파괴자. 도대체 넌 누구냐?

20170728

병명을 안 뒤로 한 해 반이 지났을 무렵인 2017년 7월 28일의 일기다. 루게릭병은 어제까지 멀쩡했던 사람의 오장육부 어딘가에 그림자처럼 숨어서 진도 1의 미진을 일으킨다. 미진이니까 한꺼번에 무너뜨리지 않는다. 미진이니까 안도와 휴식도 허락한다. 그러나 사람은 어느새 많이 기울어졌다. 어느덧 휠체어에 앉아 있고, 눈떠 보니 침대에서 내려갈 수가 없다. 사람을 아주 천천히 그러나 차근차근 씹어먹는 잔인한 파괴자다. 이 과정을 아픈 이의 일기가 섬세하게 보여준다. 고개에서 만난 호랑이에게 사지를 하나씩 잘라내 주는 편이 더 낫지 않을까? 무력감과 공포감, 내 상실의 진행을 꼼짝없이 지켜볼 수밖에 없음, 이 기막힌 꼴을 누구에게도 보여주고 싶지 않으나 방법이 없다. 이 같은 수모가 루게릭병이 주는 가장 큰 고통일 것 같다.

수면제와 진통제를 먹고 자는 날이나 피곤에 지쳐 잠이 드는 날 외엔 매일의 밤이 잠과 몸의 싸움이다. 왼팔을 돌려서 몸 위로 올려놓거나 왼쪽 무릎을 굽히기 위한 오른손의 노동은 진하다. (⋯⋯) 오래 가지 못해 팔이 저리고 다시 한번 몸의 위치를 똑바로 바꾸면 왼쪽 고관절과 허벅지가 찌르는 듯하다. 다시 오른손을 펴서 리모컨을 잡아 침대 다리 쪽을 올린다. 두 다리를 올린 상태로 잠시 잠이 든다. 등에 땀이 차 더 이상 못 견디면 왼쪽 벽으로 몸을 애써 옮겨본다. 다시 리모컨을 잡고 다리를 내린다.

왼쪽 벽을 의지하고 왼무릎은 접힌 채로 오른쪽 다리를 뻗으면
다시 조금은 잘 수 있다. (……) 밤새 이 몸부림을 하면 새벽녘엔
지쳐 깊은 잠을 조금 잔다.
20170806

이영미는 이런 밤들을 보내야 했다. 리모컨으로 침대를 올리고
내리는 것은 힘이 완전히 꺼진 왼손과 달리 아직은 시동이
걸리는 오른손의 노동이다. 그러나 그 오른손마저 노동력을 이미
상실했다.
사람은 몸이 영혼의 지배를 받는가, 아니면 영혼이 몸의 지배를
받는가? 이런 논쟁을 벌이기에는 늦은 나이인 나는 근래 영혼도
몸의 일부라는 쪽에 무게를 싣고 있다. 그러나 이영미의 수상록을
읽으면서 생각을 다시 해보게 된다.

노린재 한 마리
뜯어볼수록 훌륭한 디자인
육각형의 몸 비례뿐만 아니라
끊어질 듯 이어지는 다리 선이
예술이다.
20171025

몸이 다 망가진 사람이—그러니까 사람이 아닐 수도 있는
사람이—이런 감각을 가지고 있음을 어떻게 이해해야 좋을까?
그는 또 이렇게 털어놓는다.

마음에
숨길 것도 부끄러울 것도
자랑할 것도 없다는 건

참 편하고 좋은 일입니다.

내 안에서 복잡하게 계산되고
얽혀 있던 그 존재들은
다 어디로 갔는지
이 낮은 곳에서는
나를 가릴 것이 아무것도 없습니다.
어차피 다 보일 테지요.
그러니 있는 그대로 존재하고
나를 펼쳐놓고 읽어도 좋다고 말할 뿐입니다.
내려놓는 것이 하나하나
그렇게 힘겹더니 내려와 앉으니
버릴 것도 없어 편안합니다.

20171026

자기 소유이던 제 몸, 그에 딸렸던 재능, 기쁨, 자랑스러움 게다가
아직 많이 남은 미래, 속절없이 다 잃어버린 '나'를 그는 슬퍼하지
않는다. 부끄러워하지도 않는다. 불치병의 어둡고 험한 고갯길을
넘는 동안 몸은 모두 다 내어주었으나 영혼의 맑음은 막 길어
올린 아침 샘물보다 더 투명해 보인다. 이 책은 그것을 알게 한다.
내게는 큰 과제로 다가왔다.

•

몸이 돌이 되기 전에
굴러서라도 가야 한다.
그곳에선
더이상 얕은 숨을 쉬느라 헐떡이지 않고,
깊고 긴 숨을 쉴 수 있을 거다.
그곳에서
영원에 잇대어져
고난이 소망으로 바뀌고,
한 치 앞도 모르나
안심하고 저절로 이끌려가
등 돌리지 않고 서로를 바라보는 사람들을 만나게 될 것이다.
그곳이 어딘지
지도를 아직 찾지 못했으나
곧 그곳의 출입구를 찾아 굴러갈 테다.

•

20160120

루게릭 맞죠?

오히려 내가 의사에게 다그쳤다.

마치 예감한 듯 기다려온 듯.

올 것이 온 것뿐이었다.

늘 기침을 하며 땀을 비 오듯 흘렸다.

손의 미세한 떨림이 점점 심해지면서 사진 초점이 흔들리고

손에 쥔 컵이 흔들려

남 앞에서 보이지 않게 조심한 지 오래되었고

발목이 접히며 어이없이 넘어지는 일이 잦아졌다.

지난 10년, 늘 인내로 버텨온 삶 끝에 무언가 큰일이 다가오고

있다는 비장함이 가득찼다.

2015년 여름 처음 찾은 병원에서는 본태성 진전이라고

진단했지만 검색을 하며 점점 루게릭병이라는

심증을 갖게 되었다.

머리를 믹서로 가는 듯한 통증으로 뇌 사진을 찍어봤지만

별 이상 소견이 안 보여서

신경안정제를 처방받고는 다시 바쁜 직장 일에 빠져 지냈다.

10월이 되어 회사의 중요한 행사 날 오전, 갑자기 숨을 쉴 수

없었고 혈압이 오르며 땀이 쏟아졌다.

응급실에 다녀와 행사를 마치고 이후로는 정기적으로 병원에

다니며 신경안정제에 혈압약이 추가된 약 처방을 받았다.

겨울을 앞둔 어느 날 내 다리를 두드려보던 의사 선생님은

반사 반응이 전혀 없다며 근전도 검사를 해보자고 했다.

10센티가 넘는 바늘을 온몸에 찔러 넣는데도

아픈 걸 못 느꼈다.

앞으로 닥쳐올 운명의 그림자에 압도되어 마음은 오히려

정지된 듯 고요했다.

근전도 결과를 보고 "루게릭 맞죠?"라고 묻는 나에게
의사는 당황한 모습으로 상태가 안 좋다며
서울대학병원에 연결해줄 테니 빨리 정밀 검사를
해보라고 했다.
서울대학병원 입원 날짜를 기다리며 답답한 시간을 보냈다.
곧 직장을 그만두어야 할지도 모른다는 생각이 들었다.
그 다음은 어떡하지?
나는 가장 역할을 하고 있었다.
몸보다도 그게 더 걱정이라니.
가족들의 성화에 3개월을 더 기다려야 입원할 수 있다는
서울대학병원을 포기하고
삼성병원에 입원해 검사를 받았다.
2016년 2월 23일 서울삼성병원에서 근위축성측삭경화증,
루게릭병 판정을 받았다.
운동 신경 세포가 점차 소실되어 모든 근육의 움직임이 멈추며
언어 기능이 완전 상실되고 결국 호흡 곤란으로
사망에 이르는 병.
아무런 치료 방법이 없고 지연제가 하나 있으나
내 경우 맞지 않는 약이라 처방할 수 없다고 했다.
무언가 천재지변 같은 큰일이 닥쳐와
하루하루 힘겨웠던 일상이 끝나주길 바랐는지도 모른다.
오랫동안 준비해온 듯 너무도 담담하게 씩씩하게
내가 루게릭병이라는 걸 받아들였고
부정 분노 타협 우울 수용 다섯 단계 대신 휴식을 갈구했다.
드디어 긴 휴식의 기회가 온 것이다.
직장에 두 달을 더 다니며 일을 정리했다.
이사장은 내게 긴 싸움이니 일할 수 있을 때까지

시간을 자유롭게, 몸에 무리 안 갈 정도에서
계속 일하면 어떻겠냐고 고마운 제안을 해주었다.
그러나 나는 휴식말고는 원하는 것이 없었다.

DIARY

20160117

•

글씨를 쓸 수 있다는 것도 다행. 아직은.

오른손과 왼손의 차이, 오른손도 나빠져 간다.

오른손 젓가락질이 힘들 때도 있다.

회사는 언제까지 다닐 수 있을까?

58살, 불편한 몸이 가져올 상상할 수 없는 앞날에 대해

준비할 수 있는 게 무엇이 있을까.

주님, 왜? 무엇 때문에?

나 같은 것을 통해 무엇이 드러날 수 있다고.

혹시라도 나로부터 괴로움을 당한 사람들의 상처가 있다면

대신 위로를 주시고 용서를 구합니다.

혹시라도 루게릭병이 맞다면 받아들일 수 있는 힘도 주십시오.

주변 사람들에게 괴로움의 근원이 되지 않기를.

"하나님을 원망하고 죽으라"고 한 욥의 아내,

욥의 친구들처럼

나를 정죄하지 않기를.

제가 웃을 수 있게 해주세요.

빨리 끝날 수 있게 도와주시고

가족을 지켜주시기 바랍니다.

루게릭이 아니라면

오른쪽이라도 지켜주세요.

이 상황에서도 가장 걱정되는 것이 돈이라니.

세호가 슬프지 않게 도와주세요.

20160128

·

떨어질 때는 확실히 쿵 하고 한 번에 떨어져버려야
외상은 입어도 다시 일어설 수 있다.
안 떨어지려고 바둥거려봐야 세월 버리고 이리저리 찢기고
깊은 내상까지.
지쳐 일어날 수 없게 된다.
그래서 위기에는 여지가 없는 것이 나을 수도 있다……

이것이 맞는 생각일까?
어차피 인생에는 정답이 없는 것.
과정이 이렇든 저렇든
종국에 후회는 남아도 부끄럽지 않기를.

20160202

·

첫 번째 밀려오는 파도에 물을 먹었다.
두 번째 밀려오는 파도엔 펄쩍 뛰었다.
세 번째 밀려오는 파도는 바라보았다.

20160204

·

전신 곳곳에서 꿈틀꿈틀 근육 발작 같은 움직임들이 있다.
뭘까? 왜 이렇게 된 것일까? 무엇 때문일까?
예수의 제자들이 주님께
저 사람의 병이 누구의 죄 때문이냐고 묻는다.
죄 때문이 아니라 하나님의 뜻,
영광을 드러내기 위함이라고 하셨다.
외로운 욥도 죄 때문이라는 친구들의 정죄로
괴로움을 토로했다.
이미 용서 받은 죄까지 다시 끄집어내야 하나?
아버지, 저의 삶이 얼마나 자잘했는지
생각해봅니다.
큰 뜻을 우러러보았으나 일상에만 집중했을 뿐
참으로 모래알 같습니다.

하나님을 신뢰하는 것은 어떤 역경이나 환란 가운데서도
하나님께로 나아가는 지속성을 갖게 합니다.
하나님만을 붙들지만 그 신뢰가 약합니다.
도와주세요.
하나님 안에 거하면
저절로 열매를 맺나니
꺾이어 버려지지 않을 것이고.

20160221

·

인생에 후회가 없을 수 없겠으나
후회 안하련다.
나 나름 애쓰고 살았고
잘못된 것이 있었다 해도 그 당시 할 수 있는 한
선 쪽으로 부단히 노력했고
어쩔 수 없는 건 어쩔 수 없었으니까.

20160223

·

좀 웃어주면 안 되겠니?
난 오늘 사망 선고를 받았는데.
좀 봐주면 안 되겠니?
사진에 남은 찡그린 얼굴

한 번쯤
따뜻하지 않더라도
그냥 쿨한 웃음 한 번

거부당하는 마음
찢기는 마음
난 용서받을 짓을 한 일 없는데
좀 웃어주면 안 되겠니?
억지로라도.

그가 채찍을 맞음으로
우리가 나음을 얻었도다.

20160424

·

루게릭병 환우 요양원 건립을 위해 매년 연예인들의
자원 봉사로 이루어지는 콘서트.
이젠 남의 일이 아니다.
콘서트에서 박승일 선수랑 인사를 했다.
누나가 "인사하실래요?" 하며 곁으로 데려가는데
뭐라 할지 몰라
그의 팔만 계속 만지작거리다가 "저도 루게릭이에요.
도울 일 있으면 도울게요" 그러고 말았다.
중간중간 나오는 루게릭 환우들 영상을 보며
내가 관객이 아니라 환우라는 사실을 잊고 있었다.
"의미있게 살고 싶다. 그것도 다른 사람을 위해서"
박승일 선수의 그 말에 격하게 동감한다.

20년 동안 루게릭병 환우 가족으로서 산 경험 때문인지
루게릭병 환우에 대해서 많이 안다고 생각했습니다.
하지만 이 글 한 편 한 편, 책장 한 장 한 장을 넘길수록 과연
난 무슨 근거로 루게릭병 환우를 안다고 생각했던 건지 되묻게
되었습니다. 짐작을 통해서든 경험을 통해서든 미루어 짐작할
뿐, 가까운 가족이라 하여도 결코 안다고 할 수 없음이 루게릭병
환우의 삶이란 것을 다시금 깨닫는 시간이 되었습니다.

루게릭병 초기였을 2017년 이영미님이 승일희망재단을 찾아와
환우를 위한 일을 하고 싶다는 뜻으로 몇 편의 글을 보내주었는데
이후 많은 글들이 차곡차곡 쌓여 이제 책으로 출판하게 되셨네요.
이 책에 담긴 글들을 단숨에 읽는 동안, 잠시였지만 세상과 내가
분리된 듯 묘한 몰입의 시간이었고 읽는 내내 우리에게 주어진
삶의 소중함을 생각하는 시간이었습니다.

이 책을 만나는 우리 모두에게, 주어진 삶의 순간순간에 대한
고귀함과 소중함을 잊지 않기를 바라는 이영미님의 마음이
고스란히 전해질 수 있기를 기도합니다.

박성자
승일희망재단 상임 이사. 승일희망재단은 루게릭병에 걸린
농구인 박승일이 가수 션과 함께 2011년에 세운 국내 유일의
루게릭병 환우를 위한 비영리 재단 법인이다. 박승일 대표의 누나이다.
재단의 주된 목표인 루게릭 요양 센터 건립을 위해 헌신하고 있다.

4월에 회사를 그만두고 미국 여행을 떠났다.
캐나다에 사는 친구와 시카고에 사는 친구를
뉴욕에서 만나 벅찬 마지막 여행을 견뎌보자는 마음으로
성취욕까지 느끼며 원없이 돌아다녔다.
그러나 중간중간 에너지가 고갈되어 쉬어야 했다.
미국 중부에서 시작해 남부까지 차로 달리고
다시 서울까지 다섯 군데 공항을 거쳐
집에 도착했다.
한 자세를 오래 하는 게 제일 안 좋다는데
한 삼 개월치 근육이 장렬히 전사한 듯,
먼 여행은 이걸로 끝이라는 걸 몸이 말해주고 있었다.

집에 돌아오니 일상이 이어졌다.
남편과 작은아들, 남자만 있는 집에 청소와 빨래, 부엌일.
겉보기에는 아직 멀쩡한 것 같으니 눈에 보이는 일을
안할 수가 없었다.
손뿐만 아니라 팔의 힘이 빠지고 있었다.
원인도 모르고 치료약도 없는 희귀병, 불치병.
가족을 떠나 나의 인생과 멀지 않은 죽음에 대해 정리할
혼자만의 시간과 장소가 필요했다.
내 소식을 듣고 부산의 재활의학병원 의사인 친구가 전화해
"너 뭐 하니? 그냥 여기 병원에 내려와 나랑 놀자"
어차피 아무런 계획이 있을 수 없는 터에 친구의 초대는
아주 적절한 때 적절한 제안이었다.
부산에서의 시간은 앞으로 어떤 자세로 투병할 것인지
길잡이가 되어주었고
거기에서 소중한 첫걸음을 뗄 수 있었다.

재활병원의 원장도 친구라서 덕분에 공원이 보이는 1인실에서
조용히 지낼 수 있었고
원장 친구가 운영하는 병원 카페에서 메뉴에 없는
양질의 음식을 늘 먹을 수가 있었다.
새벽 교회에 가서 기도를 하고 유엔 기념 공원을 걸으며
한국전쟁에 참전해 그곳에 묻힌 다른 나라의
수많은 젊은이들의 비석을 보며 그들의 죽음을 묵상했다.
병에 걸렸고 사망 선고를 받았다는 사실을
늘 잊지 않았는데도 난 편하게 휴식했고 평화로웠다.
아 하나님께서 내 기도를 들어주셨구나,
책임을 벗어나 완벽히 쉴 수 있도록 해주셨구나
시편 23편의 푸른 초장 쉴 만한 물가가 이곳이구나 싶었다.
그 병원엔 주로 뇌와 척추를 다쳐 혼자 움직이지 못하는
재활 중인 환자들이 대부분이었고
외래환자 중엔 루게릭병 환자도 있었다.
심각한 상태로 오랜 시간 기적과 같은 회복을 꿈꾸며
하루하루를 버티며 재활 치료를 받는 환자들과 가족,
간병인들을 보며 동병상련의 위로가 있었다.
그리고 모든 생명은 존중받아야 하고 서로가 도움을 주고
도움을 받으며
삶의 의미를 만들어가야 한다는 것도 깨달았다.
그곳은 특히 가족 같은 따뜻함이 있었다.
많은 환자들과 의료진, 치료사들의 웃는 소리와
정겹고 격의 없는 부산 사투리가 떠다니는 가운데
즐거운 공동체에 와있는 듯했다
부산에 갈 때, 기차를 타고 트렁크를 밀고 갈 정도로
내 상태는 왼팔을 빼곤 멀쩡했다.

사람들은 내가 환자가 아닌 보호자인 줄 착각하곤 했다.
어디가 아프냐고 묻고는 병명을 말하면 많은 병을 경험한
간병인들은 다들 표정이 굳어지며
처음엔 암말도 하지 못했다.
이 병은 병중에서도 갑인 듯했다.
그들의 방향은 회복이고 올라감이나
나의 병은 진행이고 내려감이었다.
거기에서 만난 몇 명의 환자들과는 정말 잊을 수 없는
시간들을 함께 했다.
어떤 혈연도 지연 관계도 아닌 그들에게 마음이 쏟아져
나는 후패할지라도 그들의 회복은 정지함이 없기를 진심으로
바랐다.

DIARY

20160416

•

부산엔 비가 내린다.

병원 같지 않게 따뜻한 이곳.

집 생각이 안 날 정도로 많은 시간 웃고 지낸다.

창선이는 40대 초반. 재활병원 fun&cook에서

서빙을 담당한다.

병원에 들어와 재활 치료를 3년 반 동안 받고

이제 걷는 것 말하는 것 다 온전한 듯하다.

그러나 그 머릿속에 또다른 행성이 하나 있어

한 번씩 엉뚱한 말을 한다. 오후 세시면 무슨 일이 있어도

20분 거리에 있는 복지관에 걸어가서 자판기 코코아를

사 먹고 돌아온다. 그의 양손은 아직 굽어 있지만

그 두 손으로 못 하는 일이 없다.

비오는 날 함께 근처 교회 수요 예배에

빨간 우산을 쓰고 갔다.

기도를 마치고 눈을 뜨니 주보를 보고 오늘의 말씀과 찬송을

찾아 내 앞에 가지런히 펼쳐두었다.

배려도 잘하는 걸?

매일 저녁 6시 30분이 되면 카페에 모여 창선이를 포함한

장정들과 뇌 기능 향상을 돕는 게임을 한다.

나는 초짜라 이들을 이기지 못한다.

주님이 인도하신 이곳에 와있다.

천진한 어린아이 같은 이들과 함께 어울린다.

막 웃는다.

20160425

•

십만분의 일의 확률?
그런 병이 나를 찾아온 이유,
소수인 그들의 어려움을 널리 알리라는 뜻이 아닐까?
나라는 사람과 연결된 많지 않은 사람들, 또한 그들을
통해서도.
페북에 알리는 것이 망설여졌지만
이것 또한 순기능이 있으리라 믿어본다.
그냥 공기만 울리고 말 소문으로 끝나는 것이 아니라
마음으로 동참하는 기도가 되고
환우들을 기억하고 응원하는 후원이 되길 바란다

20160428

∙

어제 하루 종일 비바람이 몰아치더니 오늘 부산 공기는
습기를 머금고 너무도 깨끗하다.
공기를 마시려고 두 시간 가까이 산책했다
처음 보는 무명 용사의 묘.
모든 병사에겐 어머니가 있고
이 병사의 어머닌 아들의 마지막 모습조차도 끝내
보지 못했겠지.
묘비의 서체조차도 오랜 세월을 말하는 듯,
어머니의 기다림 같아 슬퍼 보인다.

20160504

·

고난이 무엇인가?
그 답은 질문과 숙고로 얻을 수 있는 것이 아니고
겪음으로, 그것도 집요하게 하나님께 매달린 상태로
겪음으로써만 짐작되는 것인 듯하다.
"고난에 기쁨은 없다"는 문장을 보고 무척 위로받았다.
하나님과 함께 고난 가운데를 통과하며 하나님의 현존으로
기쁨을 누릴 수 있는데
그것은 지속적이기 어렵고 대부분 인내와 끈기의 시간이다.
그러나 모든 고난엔 끝이 있다.

하나님을 사랑하는 자
곧 그의 뜻대로 부르심을 입은 자들에게는
모든 것이 합력하여 선을 이루느니라
- 롬 8:28

20160506

·

여태 광야 길을 걸어왔다고 생각했는데 이제야 출애굽 하여
광야로 나온 것 같다.
그러나 주님은 광야에서 만나주시는 분인 걸 알기에 기대한다.
만나와 메추라기를 먹고
구름기둥 불기둥을 따라 움직이게 될 것이다.
이제 나의 집이라는 정체성은 사라지고
내가 그분과 함께 머무는 장막이 나의 집이 되어

걸어가게 되겠지.

한 달 부산 생활을 마치고 서울로 올라간다.

아무런 생각 없이 내려와 그분과 만남과 휴식,

좋은 친구들과 예비하신 교회로

답을 얻고 다음 걸음을 걸을 수 있게 되었다.

감사하다.

비록 한 손이 마비되어가고

걸음이 균형을 잃어가도

가는 방향은 똑바로 알고 길을 잃지는 않을 것이다.

바랄 수 없는 중에 바라며

능력을 구하며 기쁜 마음으로

담대하게 걸어가리라 다짐한다.

고마운 친구들

다시 볼 때를 기다리며

3. 엄마, 그리고 다시 부산 _____ 2016/05 - 2016/11

늘 머리 속엔 한 가지, 누워 계신 엄마가 무거웠다.
이젠 거의 대화도 못 하시는 상태인데 딸이 병 걸렸다는
얘기도 할 수 없었고
마치 내가 엄마의 투병을 바톤터치 하는 느낌도 들면서
하나님께 이젠 엄마를 자유롭게 해달라고 기도하게 되었다.
가족들 걱정에 잠시 서울에 올라와 있는 동안
내가 오기를 기다린 듯 엄마가 돌아가셨다.
엄마의 죽음은 나에게 큰 울림을 주었다.
43년 누워계신 긴 세월 동안 돌아가실 고비도 많았지만
그때마다 놓아줄 수 없어서 한 번만 한 번만 하며
살려달라고 기도했었다.
기회를 주셨지만 늘 제대로 하지 못했는데 주님은 불사신 같던
엄마를 내가 병들자 데려가셨다.
드디어 해방되신 엄마를 맘속으로 축하해주었다.
장례의 모든 과정을 내 죽음으로 묵상하며 난 어이없게도
죽음을 소망으로 받아들이게 되었다.
엄마 잘 가. 천국까지 자유롭게 막 날아가. 정말 수고했어.
나도 잘할게.

DIARY

20160528

·

남편과 백만년 만의 아침 산책.
나무계단을 다 내려오니 슬그머니 잡아줬던 손을 놓는다.
계속 잡지, 왜 손을 푸냐?
누가 보면 부부 아닌 줄 알아,
썰렁한 농담

예쁜 꽃 한 쌍
우린 이 꽃처럼 젊지 않은
늙은 부부
그래도 애틋하고 불쌍한 마음이
조금은 붉게 남아 있는 듯

20160528

·

음식을 잘하지는 못하지만 손이 빨라
한 상 차리는 데 후딱이었던 나.
이젠 왼손을 싱크대에 걸쳐 힘을 받으며 오른손으로 칼질을
한다. 마냥 느리게.
돼지감자가 좋다는 귀동냥으로 클릭했는데 배달 온 것을 보고
정말 난감했다.
삶아서 껍질을 까는데 욕 나온다.
다시는 사지 않을 목록에 저장한다.

20160529

•

결혼해서 가족을 이룬 큰아들이야 이제 부모에게서 벗어났고
아직 학생인 작은놈과 남편은?
직장 다니며 별로 살뜰히 챙긴 적도 없었고
지금도 손이 불편하니 제대로 뭘 만들어 먹이는 것도 아닌데,
이들을 두고 부산으로 다시 가는 게 맘이 가볍지 않다.
나야 그곳에 가면 해주는 밥 먹고 물리치료도 받고
몸 편하게 있겠으나
마음이 이곳에 있는 건 어쩔 수가 없다.
냉장고에서 뭘 꺼내다가 떨어뜨려 뒷감당이 더 힘들게 하거나
수시로 불러내 이거 좀, 저거 좀 시키는 게 두 '놈'에겐
더 귀찮을 수도 있을 텐데.
앞날은 생각 안하기로.
오늘만 생각하자, 하면서
몸 구석구석 반응에 촉각을 세우며 여러 시간 계산을 한다.
의외로 길고 긴 싸움이 될 수도 있다.
오른손의 근육이 호흡 근육보다
질기기를 기도하기도 한다.

20160620

•

바랄 수 없는 중에 바라라.
애통하는 마음과
기도의 능력
손발이 묶인 사람도
심지어 눈이 멀고 귀가 멀어도
말을 못해도
인간이 마지막 순간까지 할 수 있는
한 가지.
기도

20160714

•

이 감사함을 간직하자.
늘 좋은 사람들과 그들의 사랑을 예비하시는 주님.
찢으셨으나 다시 싸매시는
그분의 마음을 가슴 아프게 느낀다.

20160828

•

마음이 빠진 모든 것은 헛되고
모든 것이 빠진 마음만은 허하고
모든 걸 다 갖기 원하는 건 욕심이고

20160903

•

혼자서 옷 입는 게 보통 일이 아니다.

한 손으로 옷 입기, 묘기 대행진

한번 입고 맘에 안 들어 다른 옷을 집어 입느니 나가는 걸
포기하고 싶다.

앞으로 내려놓아야 할 것들이 얼마나 많을까?

내일에 비하면 오늘은 할 수 있는 게 많은 감사한 날이라고
생각하려 애쓴다.

그렇다면 지난 날들은 또한 얼마나 감사한 날들이었을까?

하긴 이런 말들은 맞기는 하나 자신에게는 와닿지 않는
101 가지 이야기 중 하나일 뿐.

20160917

•

새벽에 눈 뜨니 가을비 내리고

열린 창 사이로 썰렁한 공기 스며든다.

월동 준비 못한 심란한 마음들이 몰려와 기도하게 만든다.

이젠 추운 날이 닥칠 테니 모두에게 따뜻한 아랫목을
선사하소서.

20160925

•

엄마 장례를 끝내고 부산에 내려가는 날,

큰애가 괜찮다는데 굳이 서울역까지 데려다 주었다.

길에서 내려도 되는데 차 한 잔 같이 하자고

주차장으로 올라간다.

빈자리를 찾다 없어 쇼핑몰 맨 꼭대기 층 먼 곳에 주차하고

백화점을 지나 역에서 차를 마시고

이제 가라고 해도 굳이 기차까지 간단다.

티켓을 늦게 예약해 역 출구에서 제일 먼 기차 꽁지 칸에

자리를 잡았다.

"앗 엄마, 목베개 차에 두고 왔네요"

"가져올게요"

기차 출발 10분 전. 맨 끝 칸에서 백화점을 지나

제일 먼 주차장까지 왕복 10분으론 어림도 없어서

"베개 없어도 괜찮아. 어서 가"

찝찝한 얼굴로 "다녀오세요" 한다

잠시 눈을 감고 있었나? 차가 출발하기 직전

"엄마 목베개 여기, 가져왔어요"

놀라서 올려다보니 온몸이 땀으로 젖은 큰애가 헉헉대고 있다.

필요없다는데 굳이 가져왔다

굳이 굳이 굳이.

미친 듯이 뛰었겠지

"너 무슨 순간 이동했니?"

"기차 떠난다, 빨리 내려라"

기차가 출발하고

문자를 보냈다

오늘, 땀에 젖어 숨차하는 너의 모습,
잊지 못할 거야. 인생의 가장 아름다운 명장면의 하나로
남을 것 같아.

20160926

•

바다가 보이는 창을 내다본다.

넓은 바다 끝, 파도는 계속 밀려오지만 넘치지 않고

물의 총량은 같아 보인다.

창은 몹시 중요하다.

바깥을 바라본다는 것. 그것도 멀리, 아름다운 풍경을

볼 수 있다면 더욱.

숨구멍이다.

바닷가를 걷는 사람들을

난 창을 통해 바라본다.

이 시간이 소중한 걸 안다.

20161005

•

거의 11년 터울로 낳은 A형, B형 두 아들은 극과극으로
너무도 달라
늘 너희는 AA, BB형이라고 말하며 웃는다.
자라며 서로 황당해한 적도 많은 듯.
표현은 많이 다르지만 두 아이에게서 생일 축하 카톡을 받고
눈물 났다.
부족한 엄마지만 사랑해줘 고마워.
서로 가는 길이 많이 다르지만
서로 사랑하며 주님 안에서 착하게 살기를……

20161123

•

파크사이드의 입원 환자와 외래 환자인 젊은 친구들과
자화상 그리기 수업을 했다.
언제나 창의적인 원장의 아이디어에 부산의 한 갤러리에서
미술 재료들을 담뿍 후원해주어
퇴원을 앞두고 수업을 세 번 했다.
미대를 졸업했어도 입시생 말고는 가르쳐 본 적이 없는데
손도 불편하고 인지도 문제가 있는 아이들을 어떻게
가르치나? 잠시 걱정했지만
가르치는 것은 필요 없다는 생각, 그 아이들과 나는 서로를
이해할 수 있는 공통된 마음이 있지 않나?
자신에 대해 바라볼 시간을 갖고 자신의 모습이 이랬으면
하는 바람도 그려보자, 그거면 될 것 같았다.

내가 바라본 그 아이들은 무조건 안쓰럽고 사랑스러웠다.
모두에게 기적이 찾아왔으면 좋겠다.
이 수업의 가장 큰 수혜자는 물론 나였다.

20161123

•

수녀원에서 자란 영민이의 침대 곁에 놓여있던 사진 속의
신부님은 너무 말라 무척 인상에 남았었다.
사촌언니가 읽으라고 준 책,〈조용히 다가오는 나의 죽음〉은
루게릭병에 걸리신 신부님이 쓰신 책이었는데
읽고나서 영민이를 키운 소 알로이시오 신부님,
바로 그분이라는 걸 알게 되었다.
하나님께서 이런 분에게 병을 허락하시는 이유가 무얼까?
책의 제목은 영어로 Killing me softly, 노래 가사다.
루게릭병을 한마디로 표현한 것이랄까?
신부님은 예수님의 십자가와 사지가 묶인 채 서서히 죽어가는
루게릭병이 많이 닮았다고 하시면서
차라리 15시간으로 끝난 십자가형을 택하고 싶다고 괴로움을
토로하기도 한다.
하지만 가난한 아이들을 위해 마지막까지 주님의 사랑을
펼치는 도구로서 살며
그리스도의 수난에 동참하며 고통을 견디어 냈다.
날마다 그저 일상을 보내고 있는 나의 보잘것없는
남은 인생도 하나님 안에서 의미 있을 수 있는지
그저 그분의 사랑과 긍휼함을 구할 수밖에 없는 것 같다.
그 분을 기리는 영화〈오 마이 파파〉가 개봉되었다.

엄마 장례를 치르고 부산에 다시 내려갈 땐 걸음이 불편했다.
왼팔 왼다리,
힘이 많이 빠져 걷다가 쉬다가 해야 했다.
운동 치료와 작업 치료를 하며 매일 저녁마다 환자들과
게임도 하며 미술 수업도 하고 성경 공부도 하며
그곳에서 난 늘 웃고 있었다. 원장과 원장 친구는
같은 이름 박인선 박인선2, 동명이인인데
그 이름은 남에게 주는 걸 기쁨으로 아는 자들의
이름인 듯했다.
슈바이처와 성경의 다비다와 같은 두 사람의 일상은 나에게
삶의 의미에 대해 생각하게 하였다.
얼마가 될지 모르나 내 남은 삶이 자기 연민에 썩지 않도록
다른 사람을 향해 열어두자.
정신이 육체에 갇혀 꼼짝 못해도 기도는 할 수 있으니
나에게 애통하는 마음과 중보 기도의 능력을 주시길 기도했다.
보고 싶은 가족과 친구들은 부산까지 내려와 해운대에서
일박을 하곤 했다
내 인생에 가장 많이 가본 여행지가 해운대가 되었다.
병원의 두 친구는 번갈아 나를 데리고
오륙도나 시내로 마실을 나가주었다.

가을이 오니 새벽 기도 다니는 교회 2층까지 계단을
오를 수 없었고
산보도 길게 할 수가 없었다.
탈골된 왼팔 때문에 밥도 병실 밖으로 내놓을 수 없게 되고
혼자서 씻고 옷 입는 게 힘들어져 간병인 없이 있기엔
한계가 오기 시작했다

어느날 길에서 1번 서울 도로표지판을 보고 가슴이 뛰었다.
"우리 이대로 서울로 달릴까요?"라고 농담을 했다.
무엇일까? 날 잡아끄는 이 힘.
가족? 집? 그 이상의 것이 있었다.
서울 서대문구에서 태어나 살아온 57년의 세월,
서울은 바로 내 57년 인생이 담겨있는 고향이었다.
광화문엔 커다란 함성과 함께 촛불이 밝혀지고 있고
나도 이젠 휴식을 마치고 가족에게 돌아갈 때가 되었다.

서울로 올라오는 마음은 가볍지 않았다.
휴식을 통해 얻은 믿음의 강도, 병을 대하는 긍정적 자세,
남은 삶을 병의 지연이나 연명으로 싸우지 않고
평화로운 시간으로 보내겠다는 굳은 결심이 있었으나
이제부터 맞닥뜨려야 할 현실은 팍팍했다.
일의 실패로 아직도 빚에 허덕이는 남편 대신
경제적 가장으로 살아오며 월세 집을 전전해오던 내게
기다리는 건
혼자서 올라갈 수 없는 월세 집의 계단과 먹고사는 문제였다.
까마귀와 들의 백합화를 먹이시고 입히시는 주님을 믿고
무엇을 먹을까 무엇을 입을까, 근심하지 않을 수 있을까.
일주일에 두 번 운동 치료를 다니는데 계단은 쥐약이었다.
나를 거의 안다시피 하며 부축하는 아들의 고생,
뭔가 대책이 필요했다. 곧 집안에 갇힐 수밖에 없을 테니.
1남 3녀 내 형제들은 엄마의 긴 투병으로 가족의 무게를
마음에 지고 있어 서로 살갑지는 않지만
위기에 뭉치는 진심이 있다. 엄마를 끝까지 집에 모신
고마운 오빠는 이제 날 위해 또 나섰다.

형제들의 도움으로 공기 좋은 곳 계단 없는 집,
마당은 아니어도 밖에 나올 수 있도록 테라스가 있는 집으로
이사했다.
혼자 사는 동생이 날 돌보겠다고 하여 합치게 되었다.
병의 진단 후 1년 만이었다.
이제 집안에서도 휠체어를 사용하고 의료용 침대를 사용하고
도움 없이는 혼자 화장실 출입도 못하게 되었다.
그러나 아침이면 새소리에 눈을 뜨고
봄이 오고 꽃이 피고 푸르러지는 자연 속에서 누리는
하루하루가 축복 같았다.
내가 누리는 이 평화가 어디서 비롯되는지 너무도 명확했고
또 놀라웠다.
'주님 주시는 참된 평화가 내 맘 속에 넘치네
주의 말씀에 거센 풍랑도 잠잠하게 되도다'
영성이란 어떠한 지식도 어떠한 열심도 아닌 주 안에 머물며
안심하고 평화를 누리는 것이 아닌가 생각되었다.
우리 눈에 보이지 않을 뿐 이미 이 땅에 하나님은
천국을 심어 놓으셨는데
보물찾기처럼 그것이 문득문득 보이는 순간들이 있었다.
단순하고 아름답고 평화로운 순간.
병이 나고 이제 와서 마음이 고요해지다니
나는 그동안 건강한 몸으로 무엇을 위해 산 것일까?

DIARY

20161116

•

왼쪽 팔의 탈골, 정확히 말하면 어깨뼈와 팔을 연결하는
근육이 힘을 잃어 팔이 늘어져 버렸다.
통증으로 잠자다 수시로 깬다.
의지하는 오른쪽 팔도 힘이 빠져 옷 입기는 물론이고
세수와 이 닦기도 힘들다.
충전, 충전, 시간의 충전이 늘 필요하다.
쉼으로 에너지를 충전하고 다음 행동으로.
이런 나의 상황을 제일 잘 아는 사람은 날마다 두 번씩
30분씩 운동 치료를 해주는 물리치료사다.
그날의 몸의 상태를 말하면 직접 만지며 느낄 수 있기
때문이다.
두 사람의 호흡이 얼마나 중요한지.
하루하루 달라지는 변화에 민감하게 대처하는
어린 물리치료사 선생님은
말하지 않은 부분도 느끼고, 퇴근하면 책을 읽어보고
공부해온다.
날마다 운동한 만큼 좋아지는 환자를 보는 것과
운동해도 퇴행하거나 유지가 최선인 환자를 보는 것은
다를 것이다.
간병인 없이 더 이상 혼자 병원에 있기 힘들어
퇴원하고 서울로 가는데 둘이 눈이 시뻘게져서
마주 보지 못한다.
수고했어요.
고마워요.

20161130

•

내가 알기에는 나의 대속자가 살아계시니
마침내 그가 땅 위에 서실 것이라
내 가죽이 벗김을 당한 뒤에도 내가 육체 밖에서 하나님을 보리라
내가 그를 보리니 내 눈으로 그를 보기를 낯선 사람처럼
하지 않을 것이라
- 욥 19:25-27

하나님이 그 영혼 안에서 어두운 밤을 통해서
역사하지 않으신다면 어떤 영혼도
영적인 삶으로 깊이있게 성장하지 못할 것이다.
- 레노바레 성경

내가 육체 밖에서 하나님을 보리라
그것도 아는 사람 보듯 반갑게 친밀하게!
얼마나 아름다운 광경일까?
욥기는 읽으면 읽을수록 불의함에 대한 질문에서 벗어나
절대적 주권에 대한 소망과 믿음으로 향하게 한다.
고난에 대한 통찰, 그 의미가 고통을 견뎌낼 수 있는 유일한 힘,
희망임을 깨닫는다.

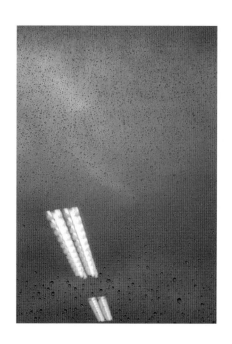

20161222

·

운동 치료 매트 옆 빗방울 가득한 창이 우주 같다.
몸은 물리치료사 선생님께 가 있고
마음은 무거워진 빗방울이 유성처럼 꼬리를 이어
떨어지는 것을 바라본다.
비 오는 날은 몸이 무겁다.

20170111

•

옹기 장인 이현배씨를 만났다.

어쩌면 마지막 만남일 수도 있겠구나 싶어서 재활 치료 받고

가까운 부암동에서 만났다.

현배씨를 만나면 따뜻한 밥상이 생각난다.

진안에 가면 차려주던 옹기 밥상.

몇 년 묵은 된장이, 차 마시듯 물에 타 마시면

속을 다스려준다며 된장 단지를 건네주었다.

이제 그 된장처럼 발효된 옹기 장인은

지난해 도 지정 무형 문화재 보유자가 되었다.

된장을 맛보고 싶은데 포장 뜯기가 아깝다.

20170113

.

옷위에 착용하는 어깨 팔 보조기가 너무 불편해서
속옷처럼 입는 보조기가 절실하다.
만들어보려고 스케치를 했는데
인터넷을 보니 이미 똑같은 것이 있었다.
역시 인간은 필요에 따라 도구를 만드는 존재.

20170117

.

"가능성 대신에 나는 내 과거 속에 어떤 실체를 갖고 있어.
내가 했던 일, 내가 했던 사랑뿐만 아니라 내가 용감하게 견뎌냈던
시련이라는 실체까지도 말이야.
이 고통들은 내가 가장 자랑스럽게 생각하는 것이지.
비록 남들이 부럽다는 생각을 하지는 않지만 말이야"
– 빅터 프랭클 〈죽음의 수용소에서〉

20170203

.

네가 만일 환난날에 낙담하면 네 힘이 미약함을 보임이니라
– 잠언 24:10

하늘을 가렸던
무성한 잎을 다 떨구어
부끄러운 벗은 몸, 야윈 몸이
보여줄 수 있는 건 오직 하늘뿐입니다.

20170211

•

어제 발버둥으로
오늘은 힘이 많이 떨어졌다.
하필이면 가족들이 없을 때 집을 보러오겠다는 전화를 받고
거실에 나오니 이불이 펼쳐져 있었다.
그걸 접어보려다 넘어졌다. 두 팔과 온몸을 바둥대며 앉아보려
애쓰는데 사람이 아니라는 생각이 들었다.
식은땀으로 범벅되어 운동기구를 붙잡고 겨우 앉았다.
일어나는 건 포기. 휴대폰은 방에 있었다.
집 보러 온 사람들이 놀라 몸통을 안고 겨우 일으켜
침대로 데려다주었다.
버둥거리는 동안 몇해 전 여행지에서 만난,
벽에 붙은 무당벌레가 떠올랐다.
손가락으로 툭 치니 바닥에 떨어져 뒤집힌 몸을 일으키느라
바둥거리던 무당벌레.
알고 보니 벌레다.

루게릭 판정 받고 일년 만에 벌레가 되었다.
인간과 벌레도 한 끗 차이다.
사람이라고 잘난 척하지 말았어야 했다.

20170213
•
북한산성 입구에서 본 인수봉(인 줄 알았는데 노적봉이랍니다.)
일주일에 두 번 가는 재활 치료,
집에서 벗어나 콧바람을 쐬는 날이다.
치료 후 집에 들어가기 아쉬워 아들과 드라이브 후
차를 마셨다.
늘 시내에서만 바라보다가
뒤통수를 보니 신기하다.
오늘은 사람이 된 듯.
아들아 고맙다.

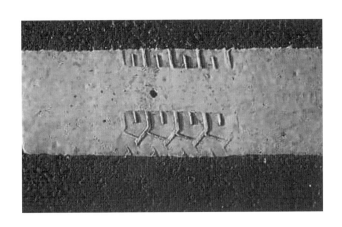

20170217

•

마르지 않은 아스팔트 칠에 새겨진 병정 같은 타이어 자국.
지나간 상처들이 이처럼
그저 무늬로 남기를.
부질없는 것을 붙들고 싸움하는 어리석음이 얼마나 많았는지.
이제야 비로소 보이는 것들.

20170219

•

툭, 툭. 투드득, 툭툭……

근육인지 신경인지 세포들이 장렬히

전사하는 몸부림.

후드득, 여름 소나기 시작하는 소리를 닮은 듯.

좀 조용해지면 잠이 오겠지.

20170228

•

건강한 몸일 때는 평일 이사하고도

밤늦도록 속은 어떻든 눈에 걸리적거리는 거 없이 싹 정리하고

이튿날 출근하곤 했다.

휠체어에 앉아 내 몸은 안 움직이고 식구들 정리하는 걸

보고 있자니

답답해 속이 터질 지경이다.

어차피 이 물건이 여기 있건 저기 있건 내가 쓰지도 못하면서

종일 잔소리가 늘어졌다.

눈의 욕심이 크다.

보기 싫은 상태인 걸 참지 못한다.

다 내려놓아야 할 비본질적인 것들이다.

누굴 가르치려고도 말고.

20170302
•

손 힘이 빠져서 음성 문자 기능을 연습 중
꽤 정확한 듯
그런데 기호는 어떻게 쓰지 물음표

20170305
•

비록 몇 시간이라도
오랜만에 혼자 있으니 좋구나.
손 닿는 곳에 마실 물이 있고
성경책이 있고.
휠체어에 앉아 식탁 앞 고요를 즐긴다.
식구들이 돌아오면 종일 소리와 싸운다.
문 닫는 소리, 화장실 물 소리……
지금은 유일하게 시계 째깍거리는 소리뿐.
사방이 고요한 이 동네에 오니 생활 소음이 두드러진다.

20170316

•

십자가를 앞 둔 예수님의 마음이 어땠는지
조금은 이해가 되는 사순절.
이생을 끝내는 마지막 숨들은 모두 어땠을까
많이 생각하게 된다.
마지막 숨을 그분이 오셔서 거두어 주시겠지?
사람이 아니고 나무로 태어났으면 좋았을 것을.
종일 바라보는 창밖의 나무들은 아직 벗었지만
생명을 가득 품고 물이 올라
올해도 순리대로 잎을 말아 올리고 곧 푸른 잎으로
숲을 가득 채울 준비를 끝냈다.
참 부럽다. 고통도 미움도 원망도 죄도 없이 오직 주어진,
피조물의 의무를 다하고 있으니.
그것들 옆에 있어 바라볼 수 있으니 좋다.
화창한 햇빛 온몸으로 받으며 모두 즐거운 하루 보내시길

20170319

·

강한 햇빛을 쬐며

눈을 감는다.

그저 붉은 빛뿐

새소리만 들린다.

가끔 개 짖는 소리.

새는 말한다.

무슨 걱정이 그리 많니?

그저 나처럼 노래하렴.

20170322

·

엔도슈샤쿠의 〈침묵〉

오래 전에 읽었어도 잊혀지지 않는 책이라 영화로 나왔기에

기대를 가지고 보았지만 역시나 책에 견줄 만한 영화가

아니었다. 십자가에 묶인 교인들이 바다에 목까지 잠긴 상태로

계속 밀려오는 파도에 머리가 잠겼다 나왔다를 반복하다

순교하는 장면, 빨리 데려가시기를 기도하는 그 장면이 너무

끔찍했다. 루게릭의 호흡 곤란이 마치 이와 같다며 저명하신

의사께서 설명했던 이후로 그 두려움이 가끔씩 찾아왔는데

바로 저거구나 싶었다.

사람들의 마지막 숨에 대해 생각할 때마다 조심스럽지만

세월호 희생자들을 떠올리지 않을 수 없었다.

오늘 밤 계속 날씨가 얌전하기를, 다 같이 기도하기를……

20170406

.

휠체어를 타고 이용할 수 있는 음식점을 발견하기 쉽지 않다.
일단 엘리베이터가 없으면 1층 식당을 골라야 하는데
좌식이라 테이블이 없거나 입구에 계단이 있거나.
어쩌다 경사로가 설치된 식당을 만나면 들어가자마자
고맙다고 인사하게 된다.
앞으로는 물리적인 불편만 겪는 것이 아니라
또 다른 양보 없는 의식과도 싸워야 하는가 보다.
공부를 하는 이유가 뭘까?

20170406

.

미움은 미움을 먹고 자란다.
겉으로는 온갖 이론을 내세우나
너만 아니면 된다는 것이
논리에 숨겨진 에너지일 때도 있다.
미움의 공방이 화를 키우고
화를 담은 풍선은 커질 대로 커져
작은 자극에도 빵!
미움의 속성에 속지 말자.

•

손톱이 자란다.
깎은 지 얼마 안 됐는데
쓸데없이 엄청 빨리도 자란다.
그러고 보니 내 몸에서 새로 자라나는 건 머리카락,
손발톱 밖에 없구나 하는 생각이 들면서 기특해진다.
어릴 때 4형제가 자라며
싸우기도 많이 싸웠는데
힘쎈 나는 주먹을 썼고
공주 과인 언니는 늘 손톱이 무기였다.
언니에게 꼬집힌 흉터가 아직도 손등에 잔뜩 있다.
그런데 갑자기 그립네.

나한테 손톱이 가장 유용했던 시절은 잡지사 디자이너로
일할 때였다.
사진 식자로 대지 작업을 할 때라
마감 때가 되면 편집 기자들은 사진 식자 인화지 조각을
하나씩 붙들고 오자를 수정할 글자를 찾아댔다.
정 찾는 글자가 없으면 초성 중성 종성을 조합해 쪽자로
만들어내야 했다.
편집 기자들이 "찾았다" 유레카를 외치면
디자이너들은 정교하게 글자를 만들어내곤 스스로 감탄했다.
그럴 때 손톱은 칼의 파트너로 절대적 존재였다.
내가 좋아하는 액세서리를 만들 때도 무언가를 긁어낼 때도
언제나 유용했던 내 손톱은 그래서 대체로 보기 싫게
닳아있었다.

내 손톱은 늘 도구였지 미용 대상이거나
공격 무기인 적이 없었다.
그러니 이제 쓸데없이 자라나도 용서해야겠다.

20170421
•
최영미의 소설, 〈흉터와 무늬〉를 읽으며
'허기와 욕망'의 시대를 공유한 우리들의 어린 시절을
그리움 속에 다시 만날 수 있었다.
주인공은 세검정에서 나는 홍제동에서 살았으니
서로의 공동 구역도 많이 겹친다.
그 시절은 너희 집 우리 집 할 거 없이 거기서 거기였던
참, 공평한 시대였기에
공감의 정서가 넓고 깊다.

우리가 함께 했던 그 시절, 디자이너 이영미 언니는 밝고 명랑하고 투명하고 편견이 없었다. 그처럼 생의 에너지가 넘치던 사람이 아프다니. 휠체어를 보고서야 실감이 났다. 긴 투병 생활 동안 언니의 몸에서 나온 글들은 병과 싸운 기록이 아니라 삶을 다시 바라보는 일기이다. 곁가지를 다 치고 본질만 남은 문장들이 시처럼 반짝였다. 언니! 힘내세요.

최영미
작가. 이미출판사 대표. 한때 이영미와 같이 일했다.
이영미의 글에 따뜻한 댓글을 달던 페이스북 친구.
'제가 못 쓰는 시를 언니가' 쓴다고 했다.

내 손 잡아/안 넘어져/걱정하지 마/날 믿어/

내가 잡고있어/나한테 기대/

뭐 필요해?/ 어디로 갈래?/누울래?/일어날래?/

괜찮아?/밥먹자

하루종일 듣는 고마운 말들

20170608

DIARY

20170419

•

예방주사 맞으러 가는 진구.
가족들이 웃을 일도 있어야 할 것 같아
세호 소원이던 강아지를 데려왔다.
아 세상에. 이렇게 사랑스러울 수가⋯⋯
2개월 된 진돗개의 힘이 어찌나 센지 손을 내 무릎에
올려놓으면 묵직한 게 웃게 하는 힘!은 더욱 세다.

20170504

•

한 달 새 귀가 바짝 서고
몸은 거의 두 배가 된 듯.
진돗개의 이름에 걸맞게
집채만 한 성견들을 만나도
물러설 줄 모른다.
이 아이를 데리고 산책하는 남편과 아들은
다녀오면 어깨가 으쓱.
지나는 사람들이 다 칭찬하는 맛에 부지런히들 들락거린다.

20170510

•

나또 두부 열무김치 깻잎 밥.
내가 좋아하는 게 다 모였다.
세호야 고마워. 너무 맛있다.

20170521

•

교회 초등부 젊은 교사들 방문.
자기들끼리 음식과 간식을 준비해 와 펼쳐놓는다.
내가 한 일 중 가장 잘한 게 초등부 교사 했던 것.
벌써 십 년이 되어간다.
첫해 4학년이던 아이들이 대학생이 되었고
20대~40대이던 교사들은 30대~50대가 되었다.
그 교사들과의 만남은 지금까지도 이어져
늘 보고 싶고 만나면 너무 편하다. 언제든 나이든 내가
보자고 하면 달려와주는 젊은 친구들.
게다가 이제는 저희들이 먼저 보자고 해주니 참 고맙다.
얘들아. 내가 좀 더 녹아 너희들에게
인생의 작은 도움말이라도 전할 수 있다면
정말 행복할 텐데.

201706008

•

우리는 큰 것을 얻겠다며 작은 싸움들을 하고
작은 싸움 하느라 지쳐 무엇을 위한 싸움이었는지 잊어버리지
작은 것들은 내어주면 큰 것을 얻게 돼
큰 것이 뭐냐구? 그건 평강이지

20170618

•

진짜 선한 사람은 스트레스를 받을 때도 자신의 성실과
성숙과 민감성을 저버리지 않는다.
품위란 삶의 하강기가 찾아와도 퇴행하지 않을 수 있는 능력,
고통에 직면하면서도 무뎌지지 않을 수 있는 능력,
극심한 고뇌를 겪으면서도 제자리에 남아 있을 수 있는 역량이라고
정의할 수 있다. …… 인간의 위대함을 재는 최선의 척도는 고난에
대처하는 역량일 것이다.
– 스캇 팩 〈거짓의 사람들〉

이런 품위는 내 안에 있기보다는 외부에서 타인으로부터
요구되는 것이기가 쉽다.
의사가 은연중에 착한 환자를 기대하고 또, 요구하듯.
그래서 그 요구에 부응하느라 또 하나의 스트레스를
추가하게 된다.
진짜 선한 사람이란
선하게 태어난 사람이거나
진짜 성령 안에 있는 사람이거나.
인간적 노력으론 거의 불가능

20170620

•

아들이 나보고 꼴통이 아니어서 좋다고 했다.

칭찬인 거지?

20170717

•

꿈에서

크리스천을 상징하는 커다란 물고기 도장을

내 몸에 꽝 찍었고 나는 죽을 자로 선택되었다.

두려움을 느낄 새도 없이 알 수 없는 나락으로 순종하며

빠져들었다.

20170726

•

병원 다녀오는 길

둘이서 김밥 3줄 사서 차 안에서 빨간불 켜질 때마다 하나씩

집어먹다 보니 집에 도착하기 전 끝냈다.

집에 와서 점심 당번 아들표 샐러드로 마무리.

로메인 블루베리 방울토마토 바질페스토 발사믹!

20170727

•

우리 인생에서 잡아야 할 것은 감동이야.
모든 시스템을 구축하고 모든 계획을 세워 성취하면
그것 위에 행복이란 것이 와서 앉아줄 것 같지만
전혀 그렇지가 않아.
무심히 지나가는 감동 그것이 전부고
모든 결핍을 이겨낼 힘은
바로 그것에서 비롯되지.
그걸 잡아야 해.

20170728

•

하루하루 변화는 잘 못 느낀다.
운동 치료를 하는 날이 오면
병원에 가며 지난주와 다른 것을 느끼게 된다.
일주일 단위로 눈에 띄는 변화들.
지난달엔 휠체어에서 손 잡고 일어나던 것이
이번 달엔 안아 일으켜야 하고
부축해 몇 발자국 걷던 것도 이달엔 힘들어지고
월별 진행은 더 눈에 띈다.

서서히 죽어가는 병
아니면 엄청 빠른 노화.
작년 팔월엔 혼자 부산을 내려갔는데
일년 만에 휠체어에 갇혀 혼자 일어나지도 걷지도 못하고 팔 힘이 없어 밥도 혼자 먹을 수가 없다.

봐주는 거 없이 어김없이 자기 할 일을 하고 있는
알 수 없는 파괴자
도대체 넌 누구냐?

20170729
·

어제는 엄마가 돌아가신 일 주기였다.
꿈이 많은 나는 몇 주 전부터 엄마 꿈을 꾼다.
흥남공대를 다니던 꽃다운 20대 엄마는
대가족과 남으로 피난 와서
혼자 월남한 아버지를 만나 결혼해 1남 3녀를 낳았다.
내가 중학교 2학년 때
뇌일혈로 쓰러진 43살 젊은 엄마는 43년을 고생하시다
작년에 내가 루게릭 판정을 받은 지 5개월 후 돌아가셨다.
그 고통의 시간을 묵묵히 천사같이 늘
"고맙다", "미안하다", "하늘에서 태어난 내 딸아"
이쁜 말만 하시며 누워서 사 남매를 다 키워내셨다.
순교자의 삶이라고 말할 수 있는 그 인생은 마지막까지 나에게
선물을 주고 가셨다.
영혼이 빠져나간 육체는 껍질이었을 뿐
우리의 본질은 영혼이라는 거,
그 영혼이 드디어 껍질을 벗어나 천국으로 돌아갔다는 사실을
각인시켜 주었다.
루게릭이란 사망 선고를 받고 죽음의 두려움을 가져 본 적은

없었지만 엄마가 주고 가신 고난의 의미, 삶과 죽음에 대한
모든 의문들이 주 안에서 이해되고
오히려 한 줄기 소망의 빛으로 다가오게 된 것은
상상할 수 없는 고통의 시간을 인내하고 살아낸
엄마의 유산이고 선물이었다.
사랑하는 엄마,
그 외로움을 조금이라도
알아드릴 걸, 그때는 잘 몰랐어요.
내가 엄마 반의반이라도 잘해 나갈 수 있도록 도와주세요.

20170801
·
나의 맷집은 그가 키우고
마지막 한 방은 다른 이가 날렸다.
삶에 대한 미련조차 놓게 만드는 그 괴력

그 한 방에 노년에 대한 모든 희망을 놓아버렸고
찾아온 사형선고가 오히려 반가웠다.

나에겐 그 노년이라는 어둡고 불행한
짐의 세월이 존재하지 않을 거라는 안심에
불행은 충분히 희석되었다.

상대는 그 의미조차 모르며
한 방을 날렸다.

20170802

•

영원히 철들 것 같지 않은 남편.

이 사람과 스무 살에 캠퍼스 커플로 만나

사십몇 년을 함께 하면서 장점 하나를 꼽아보라면 유머극장.

이거 아니었으면 벌써 각자 결혼 무대에서 퇴장했을지도

모른다.

그 유머가 요새 '아재개그'도 아니고 요상하게 변했다.

내 간병 하느라 저질 체력으로 간당간당하는 행동이

늘 아슬아슬한데

어쩌다 센스있는 행동을 하거나 창의적인 밥상을 들이밀 때,

웬일이냐 싶어 칭찬을 하면 만족한 얼굴로

"사람을 띠 엄 띠 엄 보지 말라니까?"

매일 아침 샤워 후 옷을 입혀줄 때면 공간 감각 제로라

하루도 예외없이 늘 겉과 속 앞뒤를 찾지 못해 몇 바퀴를

돌리며 날 열불나게 하곤 또 웃게 만든다.

"아 이런 팬티로마이신!" "아 이 브라질리언은 왜 이리

복잡해!"

룰도 없이 모든 문장에 '외람되지만'을 붙이길 좋아한다.

외람되지만 맛이 없어!

외람되지만 비가 오는군

뭔가 과장할 일에는 "엄마엄마해"

질문의 대답은 늘 "침착하게, 침착하게 해"

이 정도면 모자란 사람과 사는 줄 알겠지만

이 사람 고시를 2개 패스한 사람이다.

그럼에도 불구하고 '엄마엄마'하게 망해버린 뼈아픈 현실을

잊어버리려는 피난처가

말도 안 되는 헛소리, 좋게 말하면 유머인 것이다.
며칠 전 남편이 어울리지 않는 진지한 얼굴로 내게 말했다
"내 말도 안 되는 헛소리를 알아듣고 웃어줄 사람이 너밖에
없는데 너 없으면 난 어쩌냐?"
외람되지만 속으로 대답했다
" '침착하게', 나 없으면 '헛소리마이싱' 그만하고
좀 '진지로마이싱'하게 살아봐"

20170805
•
너를 안고 싶다.
두 팔 벌려 내 마음은
너의 따뜻한 가슴과 맞닿고 싶다.
가느다란 너의 팔
치매할아버지 안아주던
눈물겹던 옛 기억의 포옹처럼
나도 너를 감동으로 안고 싶다.
내 팔은 힘을 잃어
사랑스런 네 모습을
그저 바라볼 수밖에 없구나.
너를 안고 싶다.
두 팔보다 넓은 마음으로
너의 뜨거운 미래와 만나고 싶다.

20170806

·

수면제와 진통제를 먹고 자는 날이나
피곤에 지쳐 잠이 드는 날 외엔
매일의 밤이 잠과 몸의 싸움이다.

왼팔을 돌려서 몸 위로 올려놓거나
왼쪽 무릎을 굽히기 위한 오른손의 노동은
진하다.
그 모양이 되어야 오른쪽으로 몸을 돌릴 수 있기 때문에
기나긴 싸움을 하고 체위를 바꾸어 쪽잠을 잔다.
오래 가지 못해 팔이 저리고 다시 한번 몸의 위치를
똑바로 바꾸면
왼쪽 고관절과 허벅지가 찌르는 듯하다.
다시 오른손을 펴서 리모컨을 잡아 침대 다리 쪽을 올린다.
두 다리를 올린 상태로 잠시 잠이 든다.
등에 땀이 차 더 이상 못 견디면 왼쪽 벽으로
몸을 애써 옮겨본다.
다시 리모컨을 잡고 다리를 내린다. 왼쪽 벽을 의지하고
왼무릎은 접힌 채로
오른쪽 다리를 뻗으면 다시 조금은 잘 수 있다.
문득문득 오른손에 고마움을 느끼며
오른손마저?는 상상하기도 싫다.
밤새 이 몸부림을 하면 새벽녘엔 지쳐
깊은 잠을 조금 잔다.

아침이 오길 기다리고

아침이 오면 날 일으켜 휠체어에 앉혀줄 가족을 기다린다.

그들의 잠을 최대한 보장해 줄 수 있을 때까지 기다린다.

긴 싸움의 여정에서 아직 밤에는 혼자의 싸움을 할 때.

20170807
•

도수 치료를 받는 시간 동안

눈을 감고 기도한다.

하나님,

밝고 환한 이 젊은이를 기억해주소서.

이 영혼을 택하시고 만나주셔서 예수님의 마음으로

몸이 아픈 환자들을 돌보게 하시고

그 손에 주님의 치유의 능력을 주시어

그가 만지는 환자들이 나음을 받게 하소서.

하나님을 아는 그 기쁨으로

그 삶이 더 밝아지게 하시고

그 얼굴을 보는 사람들도

밝게 웃게 하소서.

이 젊은이에게 이 기도가 꼭 이루어지기를

예수님 이름으로 기도합니다.

20170808
•

큰애는 고등학교까지 아쉬움 없이 자랐다.

성품이 착하고 성실한데 욕심도 있어서

알아서 뭐든 열심히 해내는 모범생이었다.

잘나가는 변호사이던 아빠가 본업을 망각하고

다른 사업에 손을 대 처참하게 망하게 되지 않았더라면

늘 제도권에서 어려움없이 자라 어쩌면 이기적이고 자만하는

젊은이가 될 수도 있었을 것이다.

가진 것이라곤 빚밖에 없이 된 집안 형편에

법대에 입학하고 2학년에 신림동 고시촌으로 향했다.

오전에는 고시 학원 사무일을 보며 오후에 무료 강의를 들으며

인공감미료가 주양념인 고시촌 식당 밥을 세끼 먹으며

피부에 아토피가 생겨 머리까지 빠지기 시작했다.

퇴근이 늦는 직장을 다니기 시작한 나는

열 살 아래 초등생인 둘째도 돌보지 못했던 때라 신림동을

찾아갈 여유가 없었다.

한때는 고시촌 방값을 아끼려고 아는 분 소개로 남의 집

지하방에 얹혀살기도 했는데

신림동에서 봉천동 꼭대기까지 매일 오르내리며

너는 무슨 생각을 했을까?

그렇게 어려운 시간을 보내고 사법고시에 합격하여

지금은 검사로 일하고 있다. 한 아이의 아빠가 되었고.

그 어려웠던 시간들 덕분에 좀더 남의 어려움을 헤아리지

않을까 생각한다.

힘든 시간들이 늘 나에겐 더 강해지는 시간이었고

깨닫는 시간이었기에

아이들에게도 제발 고난의 유익이 있기를 기도한다.

내 힘으로 지켜줄 수 없었던 시간을 통해

하나님께서 각자의 삶 속에 더 깊이 들어와

함께해 주셨다는 걸 믿고 싶다.
너의 앞날에 여러 일들이 있을 텐데
함께할 순 없지만
미리 너의 날들을 축복한다.
모든 일은 주님 안에 있을 때
선으로 귀결되는 걸 믿고
애써 살아낼 걸로 믿는다.
힘들 때도 너의 유머를 잃지 말기를,
많이 웃기를.

20170809
·
진구

말도 못하는 니가
내 마음을 읽고
슬픈 눈으로 쳐다보고
날 위로하려고
비에 젖어 물 뚝뚝 흐르는
니 장난감을 물어다 준다.
외출에서 돌아오면
긴 몸 S자로 꼬며 흔들고
꼽추등을 하고 꼬리를 돌리며
격하게 나를 환영하고
혼자 견디는 불면의 밤
넌 작은 소리에도 내 곁으로 와

정성으로 손을 핥고
방문 앞 제자리로 돌아가
다시 졸린 눈을 감는다.

20170811

•

큰집에 포근한 이불
자기 집에는 관심도 없이
문만 열리면 튀어들어와
주인 옆이 최고인 너
내 집과 내 소유를 지키느라
문이 열려도 보지 못하고

들어갈 생각도 없었던 나
내 집이 아니고 주님 곁에
영영 거할 수 있도록
내 소유를 다 잃게 하셨나 보다.
잃고 보니 아무것도 아니고
얻고 보니 세상 비할 것이 없는 것을.

20170810
.

먹구름이 몰려와
파란 하늘 덮어도
걱정하지 말게.
파란 하늘은 그곳에 있고
가리운 먹구름은 기껏해야
후두둑 잠깐 비를 뿌리곤 없어질 테니.

20170821
.

아침이다.
그것도 밤새 많은 비가 내린 후
활짝 갠 아침. 바닥은 물기가 아직 촉촉하고
방울방울 맺힌 물방울을 환한 햇살이 비춘다.
이런 날은 출근길 버스 기다리는 것도 기분 좋을 텐데.
물 한잔을 조금씩 넘기며 밤새 둔해진 목길을 열어주고
숨을 크게 마시며 내쉬며 숨길을 터준다.

운동 있는 날, 오늘 아침은 포도를 조금 먹는 걸로.
선생님 휴가로 일주일을 쉰 몸은 너무 지쳐
오늘 운동 치료 후엔 비 온 뒤 해 난 아침처럼
회복이 될 수 있을까?
아님 또 한 계단을 내려온 걸까?
햇살 아래 이 아침 두 다리로 걸어 어디든 갈 수 있다면
머릿속 무거움과 마음속 답답함쯤은 아무것도 아닐 텐데.

20170811
•

일 분에 열몇 번
굳이 애쓰지 않아도
인식하지도 않은 채
숨을 들이쉬고
숨을 내쉬는 것
정말 대단한 일이구나.

20170812
•

하나님은 생명을 위해
고통을 감내하길 바라시지만
우리는 고통을 벗어나기 위해 죽음도 불사한다.

20170815

·

1번 타자, 2번 타자, 3번 타자……
돌아가며 날아오는 공을 상대하는데
룰도 없고 방법도 몰라
몸만 멍들고 점수는 안 나고 감독 없이 선수들만 지쳐가는
끝을 알 수 없는 게임.

누가 이게 뭔 게임인지 알려주라.
누가 방법 좀 설명해주라.
누가 감독 좀 데려다 주라.
9회 말에 끝나기는 끝나는지
끝까지 가보기나 하게.

20170819

·

몸을 좌우로 돌릴 수가 없어서
무릎이 굽혀지지 않아서
팔을 움직일 수 없어서
짓누르는 이불을 찰 수 없어서

밤은 두렵다.

20170822

•

당신에 대해서는
형언할 수 없는 연민이 가로막아
표현할 길이 안 보이네.
하늘이 준 재주를 자기 것인 양 자랑하다
백약이 무효한 나락으로 떨어지다?
진흙에서 피어난 당신은 탄탄대로 아스팔트 위에서 폭주하다
미끄러져 다시 진흙탕으로 던져지고
세월은 약이 아니고 독풀이 되어 휘감고 놓아주질 않아
진흙탕은 늪이 되어 당신을 삼키려 했지.
다시 꽃은 피지 않았고 가느다란 가지로 겨우 숨을 쉬고
뿌리는 문드러져 부초와 같이 흔들리며
나는 없다고 나는 없는 거로 알라며 비명을 질러댔지.
하늘은 무심하게도 해를 가리고 비만 내려
뿌리없이 흘러흘러 떠내려왔고
이제는 기다리다 상처 입고 병든 나를
당신이 가는 몸으로 떠받치고 있네.
힘을 내자 우리.
드디어 원망할 힘도 남아있지 않고
시간은 많지 않으니 불쌍히 여김으로
이제야 진짜 사랑할 수 있을지도 모르지.
우리가 겪은 끝도 없는 전쟁,
개미의 일생을 우리는 모르지만
그분은 우리의 모든 것을 아시니
용서랄 것도 없이 돌아볼 것도 없이
주어진 하루하루를 서로 의지하며 살아내고

그분의 때를 결국 보고야 말자.
우리가 남루해도
그분은 우리를 사랑으로 맞아주시리.

20170824
.
영화 〈달라스 바이어스클럽〉을 보았다.
〈인터스텔라〉의 주인공 매튜 맥커너히가 알아볼 수 없는
마른 몸으로 삼개월 시한부 에이즈 환자 역할을
격한 연기로 보여준다.
FDA에서 유일하게 승인받은 에이즈 치료약 AZT가
독성이 강하고 부작용이 심해 임상중인 환자들에게
부적절하다는 걸 알게 된 주인공은 자국에선 허가 나지 않은
치료제를 밀수해 자가 치료를 하고 환자들에게도 공급한다.
이 약이 환자들에게 희망적인 치료제임에도 불구하고
제약회사와의 커넥션으로 다른 약을 허용하지 않는 FDA와의
소송에서 지고 만다.
그러나 결국 주인공의 싸움으로 이 약은 몇 년 뒤 승인되어
많은 에이즈 환자를 치료하게 된다.
루게릭병의 치료약은 아직 없다.
지연제가 있으나 실제로 그 효과에 대한 확실한 데이터도 없고
부작용도 있을 수밖에 없으며 가격도 비싸다.
리루졸은 뇌의 명령없이 척추에서 직접 명령을 내리는 상황인
내게 처방할 수 없다고 했고 줄기 세포 치료 라디컷 등등의
치료도 지연이 목적이다. 나는 처음 진단을 받고 가졌던
치료에 대한 관심은 이제 내려놓았다.

얼마나 더 살게 해주는지 모르는 불확실한 지연 치료에
부작용을 감수하고 몸고생하며 시간과 비용 들이는 대신
운동 치료하고 비타민 먹으며 평화롭게 지연제가 아닌
치료제를 기다리기로 맘먹었다.
영화 주인공이 살기 위해 발버둥치는 모습을 보며 왜 나에게는
저런 과정이 없었나 싶었다.
발버둥치며 살던 나에게 불치병이 찾아오고 오히려 나는
고요해졌다.
그러나 마약과 술로 인생을 탕진하던 그는 막상 죽음이
다가오자 생명을 위해 싸운다.
결국 그 발버둥으로 인한 과정에서 인생의 의미와 만나게 되고
개인의 싸움이 공동의 것이 되어 결과적으로 많은 생명을
살리게 되었다. 불치병에 걸려 남은 삶을 살아가는 방법의
선택은 양자택일 정도일 거다.
그러나 그 과정이 자신에게서 타인을 향해 넓어지는 과정이
될 수 있다면 삶의 질은 다양해질 것이고 시간의 길고짧음은
문제되지 않을 것이다.

20170825
•
DNR
나는 인위적 생명 유지 장치를 거부합니다.
생명을 경시해서가 아니고
인생에 아무 아쉬움도 여한도 없어
내게 주어진 자연적인 시간으로
충분히 만족합니다.

20170826

·

아직 꿈에서는
모든 게 살아 움직여.
떨쳐입고 걷고 뛰고
당신들과 여전히
웃고 떠들며.
눈을 뜨면
현실은 가위눌림
내 몸은 내 것이 아니고
당신들이 움직여주기를
기다리는 목석
동물의 세계에서
화분에 옮겨진 식물이 되어
결국 뿌리도 없이 꽃도 없이
열매도 없이 서서히
말라가는 줄기 같아서……
나를 보고
그대들이 무슨 기분이든
상관하지 않으리.
연민이건 두려움이건
무관심이건
내게 중요한 것은
알 수 없는 그분의 뜻

20170827

·

이 괴로움을 먼저 겪은 당신

미안합니다. 정말 몰랐습니다.

어떻게 그걸 견뎌내었는지요?

견딘 것이 아니라 그저 당하셨지요?

나는 비명을 지를 수밖에 없었습니다.

공포에 질려 울었습니다.

이건 너무합니다. 몸을 옴싹달싹 못하게 묶어,

아니 묶이지도 않았는데

꼼짝할 힘이 없다니. 보이지 않는 상자 속에 갇혀버린.

당신들은 어떻게 이 고문을 견디고

계시는지요?

뭐라도 불고 풀려날 수 있는 거라면 뭐든

불고 싶어요.

기억도 나지 않는 죄까지도 다 꺼내 용서 받고 싶어요.

나 때문에 상처 입은 사람이 있다면 대신 위로해주세요.

밤이 되면 형틀 같은 침대를 바라보며 수면제를 먹어요.

제발 한 자세로 버틸 수 있게

아침이 오기까지 깨어나지 않기를.

이 고문도 익숙해질 수 있는 것인지 당신은

말해주지 않을 겁니다.

이제는 편안하십니까? 어떻게 그 묶인 몸으로 숨찬 계곡을

넘으셨는지.

마지막 숨으로 무거운 육신을 내어놓을 때 어떠셨나요?

나에게도 그 순간이 도둑처럼 다가와
없어지는 줄도 모르고 육체를 벗어날 수 있으면
좋겠습니다.
번데기를 벗어나 허물을 벗고 날아가는 나비의 비상,
의무를 다하고 맞이하는 영원한 생명의 순간이 어서 오기를
기다립니다.

20170901
·
밤은 너무도 어두워
다시는 밝은 것을
기대할 수 없으리라
절망하였더니
낮은 이리도 찬란하구나.
9월의 시작
이렇게 아름다운 날들을 예전엔
어떻게 보냈는지 기억조차 못하겠다.
발 아래 평화롭게 잠든 강아지조차
완벽한 긴 숨을 쉬는 듯 모든 것이 조화롭고 평화롭다.
이 평화를 깨는 건 아무것도 없다.
날파리가 끼어들어 날아다녀도 바람 공기 소리 햇빛 냄새
모든 천지생명의 들숨과 날숨이 하나되어 어긋남이 없는
이 순간을 처음 느낀다.
밤에 사라진 잠이 이제 찾아와
졸린 눈을 껌뻑거린다.

20170907

•

봄에 화분에 심은 호박

가을이 되도록 못생긴 열매 한 개만 달랑 만들곤

장마에 잎이 다 녹았다.

덩굴도 뻗어보지 못했는데 썩은 잎을 배에 깔고

오도카니 앉아

초조한 듯 가지 끝에 계속 작은 잎과 꽃을 피워 대는구나.

비 지나간 아침에 잎보다 큰 노란 꽃을 활짝 펼쳐놓더니

헛것을 봤는가 잠시 한눈판 사이 오므라져 늙어 없어졌더라.

꽃은 계속 폈는데 호박은 왜 하나 열렸는가?

가을 하늘 쌍쌍이 날아다니는 잠자리를 보니

아이쿠 이유를 알겠다.

암수호박꽃이 한자리에 피어도 중매쟁이 없어

열매가 없었노라.

호박은 하나밖에 안 열렸는데 너도나도 이름없이

수없이 왔다가 그냥 뚝뚝 떨어져버렸구나.

20170909

·

그리운 사람 곁에 없으면
시원한 바람도 파란 하늘도
좋은지도 모르겠네
기다림의 시간은 멈추어
흐를 줄 모르고 기운 없는 마음
허공을 바라보다 몸을 눕히네
그리운 얼굴 해가 되어
나타나면 내 옆에만 있어 달라
허튼소리 해보겠네

20170911

·

공기 좋은 동네로 이사 와서 막상 휠체어를 밀고 동네 산책을
한 것은 노인정에서 선거한 날뿐이었다.
휠체어 눈높이에 익숙해지는 것이 쉽진 않았기 때문이랄까?
앉은 채로 사람들 마주치는 거 이젠 좀 적응되었지만
한동안 힘들었다.
어제 갑자기 아침부터 남편이 부산을 떨기 시작했다.
"씻고 아침 먹고 밖에 나가자"
"왜? 밀고 다니려면 힘들 텐데"
"뭐가 힘들어? 그냥 차도 마시고 날씨도 좋잖아?"
가을을 품은 풀들과 풀꽃들 코스모스가 이어지는
아스팔트 길, 도보, 자전거길, 울퉁불퉁 돌길, 개울다리를 건너
우연히 너무 멋진 카페를 발견했다.

공예하는 친구들이 작업하며 농사도 짓고 차와 간단한 음식을
파는 곳이었다.
가장 감동적인 건 마당과 카페 건물 사이 턱에 휠체어
슬로프가 있었다는 것이다.
어디로 가야 하나 마당을 서성이니 "이리로 올라오세요"
젊은 주인이 마중나온다.
"어머나 이런 배려 너무 고마워요"
"우리 아버지도 휠체어 타시거든요"
익숙하게 휠체어 앞쪽을 당겨준다.
밭과 아이들 모래놀이터가 있는 정겨운 마당을 바라보며
음악이 가득한 데크에 앉았다.
간단한 브런치를 시키고 주변을 돌아보니 너무 오랜만이다.
이런 거.
병원 건물 아니면 교회, 장애인 화장실이 있는 큰 빌딩 안에
식당.
이렇게 야외에서 차 한잔 마신 게 얼마 만이지?
고생해서 데리고 나온 남편에게 상이라도 주고 싶었다.
케일주스를 시키니 밭에서 직접 키운 케일을 몇 잎 따 오는 게
보인다. 좋아 좋아.
사진 찍고 싶은데 불가능. 남편 보고 찍으라 하니
영 느낌 안 나온다.
고마워. 고집 피워 데리고 나와줘서.
우리 결혼 기념일이잖아 오늘!
내가 잊고 그가 기억하는 결혼기념일
드뎌 역전의 날이구나. 에헤라디야~~~
늦은 감은 있지만
그래도 고맙다. 엄청 고맙다.

20170916

·

맛있는 거 찾아 천리길 마다하지 않는 사람,

혹은 먹지 않고 알약으로 때우고 살았음 좋겠다는 사람,

나는 그 중간 어디쯤, 알약에 조금 더 가까운 쪽이었는데

월간지에서 일하다 생긴 빨리 먹는 습관,

과식하는 습관에도 불구하고

소화 안돼서 고생한 적은 없었는데

이제 소화기 기능도 안 좋아져 연하 작용이 나빠졌다.

입에서 넘겨도 목에서 걸려 내려가기 힘들다.

가슴이 답답하면 호흡도 힘들어지기 마련.

평생 습관을 버리고 천천히 오래 적은 양을 먹어야 한다.

좋아하는 밀가루 음식, 튀김 음식이 간절할 때도 있다.

먹는 것은 그저 생존을 위해서고

이왕이면 좀 맛있게 먹자 정도였던 가치관이 달라진다.

이왕 힘들게 먹는 거 맛있는 거 먹고 싶다.

그런데 뭐가 맛있지? 맛있는 거보다 먹을 수 있는 거를

먹어야 하는 현실

먹고 자고 싸고의 중요성

점점 본능적으로.

20170919

·

당신에겐 하루가 정신없이 지나가고 새날이 오고

여전하겠지요.

나의 하루는 멈추어 하루살이처럼 매일매일을 태어나고

죽는답니다.

펄펄 뛰던 기억들이 눌리고 바래

전생의 기억처럼 두께가 얇아지고

박제된 페이지 속에 녹아 들러붙어

이제가 그젠가 그때가 언젠가 싶습니다.

그리운 얼굴들은 떠다녀도

왜 그렇게 웃었는지, 왜 그렇게 울었는지

이어지지 않는 과거, 이어지지 않는 미래

이 순간만이, 느껴지는 현실이라서

나를 힘들게 하는 모든 그리움들을 놓아버렸습니다.

오늘은 너무 벅차

내일 다시 태어나, 할 만하다면

오직 당신만 그리워하는 하루로 채워보겠습니다.

20170922

•

너무 앉아 있으니

엉덩이가 아파

마이 아파?

ㅋㅋㅋㅋㅋㅋㅋㅋㅋ ㅋ 큭큭 켁켁

물! 물줘!

마이 우껴?

아닌 밤중에 동막골 강혜정 소환일세

영미는 고등학교 때도 참 재치가 있었다. 웃음기를 담아 영미가
지적을 하면 선생님은 말문이 막혔고 아이들은 와자하게 웃었다.
영미는 늘 편안하고 밝아서 엄마가 오래 누워계신 줄도 몰랐다.
그림을 잘 그려서 예술가가 될 거라 생각했다.
영미가 편집 디자이너가 되었다는 건 20여년 뒤에 알게 됐다.
영미는 실용을 사랑했다. '뿌리깊은나무'에서 〈한국의 발견〉과
〈샘이깊은물〉 창간 작업을 하며 더 높아진 감식안으로 예술가
반열의 장인들을 사랑했다. 자기를 내세우는 예술가가 되기보다
남을 북돋아주는 편집의 역할을 사랑했다.
문화재단 예올의 사무국장으로 일하면서도 예술의 경지에 이른
실용품들을 세상에 알리려 애를 썼다. 수다를 나눠도 그는 유통
기한 때문에 버려지는 멀쩡한 식품들을 필요한 이들에게 전할
수 있는 방법이나 세계적인 한국인 치즈 전문가가 수익성 위주의
대기업과 손잡지 않고도 널리 치즈를 보급할 방법을 고민했다.
그는 늘 더 좋은 세상으로 나아갈 구상에 빠져 있었다.

영미는 쉬면서 글을 썼다. 글이 좋으니 책을 내자고 하면 그때도
어김없이 다른 사람들을 소개했다. 그래서 영미는 온몸이
루게릭병에 갇혀버린 이제야 자기 책을 세상에 내놓는다.
영미는 왜 자기가 아파야 하는가를 욥처럼 하나님에게 묻는다.
영미는 자기를 돌보기보다 남부터 챙겼기 때문에 병이 왔다.
온몸이 부서져라 빚을 갚으려 했고 가족을 위해, 쉰다는 걸 잊었다.
언제나 올바르게 살고 무슨 일이든 최고로 하려고 했다.

서화숙
동화작가이자 한국일보 문화부장을 지낸 언론인이다.
이영미와는 고등학교 2학년 때 같은 반이었다.

인간은 이기적이고 남은 기력으로 이타를 해야 하는데 그는
이타부터 했다. 하나님이시라면 인간에게 병의 모습을 알려주려고
아프게 한 것이라 대답하실지도 모르겠다. 아무리 고통스러워도
위엄을 잃지 않은 한 인간이 여기에 있다.

가장 앞에 서서 가장 먼저 느끼고 가장 먼저 표현하는 예술을
친구가 가혹한 고통을 먼저 살고 견디면서 하게 된 게 화가 난다.
하지만 영미를 배워서 분노에서 나아가보려 한다. 영미야 고마워.

영미쌤, 이영미 집사님은 2007년에 초등학교 4학년이던 우리 둘째 아이의 교회 학교 선생님이었다.(교회에선 보통 '집사'라는 호칭으로 부르나, 교회 학교에선 서로를 '쌤'으로 불렀다.) 영미쌤이 우리 둘째에게 부어주었던 사랑에 감동했던 나는, 몇 해 지나 그가 소년부 교사를 제안했을 때, 은혜 갚는 제비의 심정으로 군말 않고 따랐다. 그 4학년 개구쟁이들이 대학에 입학하게 됐던 2016년, 영미쌤은 자기 몸 하나 건사하기도 버거웠을 그즈음에 잊지 않고 아이들에게 축하 케익 쿠폰을 보내주었다.

영미쌤이 병 들어 서울 끝자락, 고양시 초입에 위치한 빌라로 이사 온 뒤로 교회 초등부 교사를 함께 하던 우리는 한 달에 한 번꼴로 그를 보러왔다. 처음엔 뭔가 도움을 드리고 싶어서, 작은 위로라도 하고 싶어서, 그냥 가만히는 있을 수 없어서 왔다. 하지만 그 병이 어디 그 귀퉁이 한 자락이라도 같이 들어줄 수 있는 병이던가. 영미쌤은 처음엔 휠체어를 타고 식탁에서 함께 먹었고, 다음엔 빨대로 마셨고, 그다음엔 침대에 누워서 우리를 맞았고, 또 그다음엔 호흡보조기와 가래배출기로 무장을 했다.

지난해 하반기 이후 영미쌤에겐 벌써 몇 차례 호흡 발작이 찾아왔다. 아마 영미쌤이 말을 할 수 있었다면, "야! 간밤에 산소통도 없이 히말라야산 넘었어!"라고 했을 것이다. 죽고 사는 문제 이전에 호흡 자체가 너무 고통스러운 상황이기에 의사는 진즉에 기관지 절개 시술을 권했지만 그는 애초의 뜻을

이경주
100주년 기념 교회에서 이영미를 만났다.
이 글이 이영미 글의 감동을 가리게 될까 봐 조심스러웠지만,
'영미쌤을 위해 노력했다는 사실에 만족한다'고 했다.

굽히지 않고 여기까지 왔다.

"발작이 일어나면 살려달라고 난리고, 정신을 차리면 절대로
안 한대요. 이렇게 누워만 있어도 어찌나 위엄이 있는지."

"위엄!하면 역시 이영미!죠."

우리는 남편분의 말에 맞장구치며 영미쌤을 놀렸다.

영미쌤이 우리를 흘긴다.

살려달라는 본능도, 호흡을 연장 안 하겠다는 이성도
하늘로부터 부여받은 것일 터.

두 가지 난제를 놓고 나름 성경적이고 분별 있게 기도할 말을
찾다가, 응답처럼 돌아오는 네가 뭘 안다고...! 하는 생각에
부딪친다.

우리 눈에야 그 삶이 일인용 침대 위에 꼼짝없이 붙들린
모습으로만 보이지만, 여기까지 크고 높은 험산과 강대한 바다를,
깊은 골짜기를 얼마나 많이 건너왔을 것인가.

백 개에서 아흔아홉 개의 호흡 기능을 잃었다 하지만
영미쌤의 눈빛과 사고력은 여전히 선연하다.

"어떻게 지내셨어요?" 물으면, 눈을 치켜뜨며 머리맡에 놓인
글자판을 가리킨다. 이제는 식구들 못지않게 글자판 사용에
능숙해진 지연쌤이 글자판을 들어 자음과 모음을 짚어간다.

ㄴ. ㅓ. ㅎ.

"너희는 어땠냐구요?" 얼추 때려 맞췄더니,

영미쌤이 두 눈을 힘주어 깜. 박. 한다. 맞다는 얘기다.
우리는 교회 소식, 소년부 쌤들의 근황, 소소한 집안일들을
깔깔대며 브리핑한다. 같이 만나온 세월 탓인지, 위기의 순간엔
공감의 더듬이들이 개발되는 것인지, 무슨 얘기든 백 퍼센트
소통이다.

영미쌤이 한번은 아주 크게 울었다. 그날도 여느 때처럼 우리들
얘기를 재잘재잘하던 중이었는데, 뭔가가 그 마음을 건드렸나
보다. 영미쌤은 마치 한 번도 제대로 울어본 적이 없는 것처럼
폭풍 오열을 온몸으로 밀어냈다. 우는 이유를 알지 못했고,
물어보지도 않았으나, 우는 상황이 그저 이해가 되어 같이 울었다.
성대 근육이 마비되어 소리를 낼 수 없는 루게릭 환자의 울음소리,
울부짖음 소리는 무슨 말로도 표현할 수 없다.
엉엉 소리내어 울 수 있음이 얼마나 큰 권리였는지,
그날 깨달았다.
그러고 보면 영미쌤으로부터 받은 선물들이 꽤 된다.
무엇보다, 언젠가부터 불평을 잘 하지 않게 되었다.

은퇴하신 이재철 목사님께서는 하나님은 인간에게 두 눈eyes을
주셨다고 말씀하셨다. 두 눈으로 봐야 캄캄한 흑암 속에서
밝아오는 여명을 볼 수 있고, 가야 할 길을 갈 수 있다고.
보이는 것의 외형, 외피뿐만 아니라 그 속에 있는 본질을 꿰뚫어
볼 수 있다고. 한 눈으로 보면 루게릭병은 세상 가장 비참한 병이

맞을 것이다. 그래서 꼭 꼭, 두 눈으로 보고 싶다.
이 세상을 향한 모든 더듬이들이 끊어지고, 잠겨 파선하고,
고장나서 정지되지만, 그래서 하늘을 향한 시선과 사유와
소망만을 소유할 수 있는 병.
루게릭병의 여정은 하늘 아버지 곁으로 돌아가는,
Going Home의 나침반이라 믿는다.
삶을 '길'에 비유하는 이유는 그 속성이 방향성,
즉 움직이는 화살표이기 때문이리라.
영미쌤에게 물어보진 않았지만, 그는 이미 루게릭의 답안지를
쓰고 있을 것이다.
가쁘게 숨을 쉬고 내뱉으며, 고잉홈 여정의 나침반을 고정하고
비상을 준비하고 있을 것이다.

환상인지 상상인지, 영미쌤을 보러 왔다 돌아가는 길이면,
침대 위에 핀 화사한 꽃무리들을 보는 것 같다.
이. 영. 미.가 고통과 눈물의 삶으로 빚어낸 그 자리에 백만 송이
생명의 꽃들이 피어나길 소망해 볼 테다.

"천사여! 날개를 펴고 날아올라요!
Angel take your wings and fly!"
– 리베라 소년 합창단 〈Angel〉 중에서

살아있다 오바
무너진 잔해에 깔린 몸
밤하늘 별들에게 신호를 보낸다.

날개 단 천마 별자리에
두렵다고 꺼내달라고
나에게도 날개를 달라고
달릴 수 있게 해달라고.

"너 혼자가 아니야"
수억광년 떨어진 곳에서 도착한 답
너처럼 갇혀 잠들지 못하고
깜박거리는 여러 빛이 네 옆에 있다고
너 혼자가 아니라고
그들과 별자리로 이어져
함께 있는 게 보인다고.

20170922

DIARY

20170927

•

대학에서 그래픽 디자인을 전공한 나는

늘 잡지와 책 만드는 일을 해왔다.

결혼해서 아이 둘을 낳아 키우며

날마다 출퇴근하는 직장을 다니기도 했지만

거의 많은 시간을 프리랜서로 집에서 일을 했다.

일을 했다기보다는 즐겼다고 하는 게 맞는 게

정말 돈보다 일이 좋아 손을 놓지 않았으니까.

아이 둘이 11살 터울이 지는 것도 그 '일' 때문이었다.

지금 와서 생각해보면 뭐 하나 제대로 성취해놓은 결과물도

없으면서

누구 아내, 누구 엄마로만 남는 것이 그리도 싫었던 것 같다.

어찌 되었건 경력 단절 후 나이 오십에

이제는 진짜 돈을 벌기 위해서 직장을 찾아야 했던 나에게

문화재청 산하 비영리 재단이던 재단법인 예올은 궁합이

잘 맞는 안성맞춤 직장이었다.

복잡한 가정사를 직장에서 일하며 잊을 수 있었다.

2016년 봄에 병으로 그만둘 때까지

햇수로 8년을 예올에서 보냈다.

그만둔 직장은 이유없이 잘 안 가게 되는 것이 나만은 아닐 듯.
직장이 있던 북촌 한옥마을을 퇴직하고 한번도
지나간 적이 없었다.
왠지 그곳에 가면 그리움 같은 게 밀려올 것 같았다.
그곳엔 내가 졸업한 덕성여자중학교가 아직 있고 경복궁과
창덕궁 사이 미술관, 갤러리, 자주 가던 밥집,
동네 토박이 아줌마들 모이는 미장원, 단골 수선집,
유명한 피자집, 구경만 하고 사지 않던 비싼 옷가게,
뒷골목 중앙고등학교 길의 작은 가게와 카페들,
셀 수 없이 지나다닌 내 발자국 지도가 있는 곳이다.
작은애와 강남의 병원 다녀오는 길에 부탁해
내비게이션을 무시하고
안국역 방향으로 가서 그 길로 들어섰다.
보고 싶었다. 간판 하나라도 변한 건 없는지.
엊그제 퇴근한 것 같은 그 길에 없던 가게가 생기고
없어진 간판들이 여럿이다.
내 직장이었던 재단의 리노베이션 공사도 한창이고.
그래도 이 동네는 뼈대는 여전하다.
여전하다는 건 참 좋은 것인데.
재단사무실의 직원들 생각에 뭉클하다.
여전히 일하고 있겠지.
다들 바쁜 시기라 부르지 않고 그냥 지나갔다.
우드앤브릭의 단팥빵과 조선김밥 몇 줄을 추억처럼 사서
청와대길 입구에 도착하니
달라진 것이 또 하나 있다.
늘 날 짜증나게 했던 "어디 가세요?" 검문 대신
가을바람에 억새풀이 역광에 춤을 춘다.

강운구
네모 그림자

PHOTOGRAPHY WORKS 'FOUR EDGES SHADOW' by KANG WOONGU

The Museum of Photography, Seoul
한미사진미술관

강운구
네모 그림자

PHOTOGRAPHY WORKS 'FOUR EDGES SHADOW' by KANG WOONGU

영미 씨께

건강하고 맑음을
가지신
영미 씨를 마음으로
응원 합니다.

'17. 9. 16
강 운 구 올림

20170928

•

건강한 마음을 가지신 영미씨를 마음으로 응원합니다

17. 9. 16 강운구 올림

선생님의 깊은 마음이 전해져
여지없이 눈물샘이 터져버립니다.
고맙습니다.
이 글 선생님은 못 보시겠지만
30년 전 첫 직장에서 만나 지금까지 늘 한결같은 모습으로
친구가 되어주신 것 저에겐 영광이었습니다.
이번 전시 오픈엔 가보지도 못하고 사진집과 마음의 글을
앉아서 전해받네요.
작년 남해의 낙조처럼 다시한번 붉게 물든 사진전 보러가고
싶어요.
그런데 선생님, 저 이 책 무거워서
누가 넘겨줘야 볼 수 있는데.

20170928
•

'뿌리깊은나무' 내 첫 직장이다.

디자인을 공부하던 대학 시절

우리나라에도 디자인이 뭔지 아는 개념 있는 잡지가 있다는
사실이 기뻤고 졸업 후 꼭 이 잡지사에 들어가고 싶다는 꿈을
품었다. 졸업을 앞둔 4학년 말 우연히 신문에서 구인 광고를
보고 너무 좋아서 비명을 지를 뻔했다.

첫아이를 낳기까지 그리 길지 않은 시간 다닌 직장이었지만
이후 편집 디자인을 하며 문화재단 일을 하며

첫직장은 늘 나를 특별히 인정해주는 경력이 되었다.

그러나 덕을 본 건 그것뿐이 아니었다.

오늘까지 가장 소중한 친구를 꼽으라면

그때의 직장 동료들이다.

동료라지만 50대 중반에서 70대 후반까지

나이도 성격도 다 다른 우리를 한 뿌리에서 자라난 가지처럼
묶어주는 건 지금까지 수없이 만나서 밥 먹고 차 마시고
이야기한 공유의 세월은 아닌지.

결혼하고 아이 낳고 그 아이들이 학교 다니고 성인이 되고
부모님이 아프고 돌아가시고 했던

모든 인생의 기억을 함께 갖고 있는 사람들.

특별히 굴곡이 심했던 내 인생을 고스란히 함께 웃고 울어준
이들 덕분에 많이 배우고 내 삶이 덜 외롭고 좀 더 풍성해질
수 있었다.

나는 이 친구들에게 갚을 수 없는 큰 사랑의 빚을 졌다.

작년 봄 내가 병 소식을 전하자 가장 연장자이신 강선생님은
우리를 태우고 통영을 거쳐 남해의 낙조를 보여주시려

달리고 달렸다

강선생님 사진에서 보았던 그 장소의 그 낙조,

그때 느끼셨던 어떤 감흥을 내게 전하고 싶으셨으리라.

모든 사라지는 것들의 장엄함이었을까.

짧지만 붉게, 그러다 온기를 잃고 결국 어둠에 묻혀버리는

과정은 다시 한번, 뜨겁진 않아도 나를 아름답게 물들일 수

있는 기회라고 말해주는 것 같았다.

서울에서 남해 끝까지 957km 왕복길을 하루종일 달려주신

선생님의 그 마음,

늘 함께 해주었던 친구들의 사랑 때문에라도

난 새로운 삶을 잘 받아들이고 살아내겠다고

늦은 낙조 끝 어둠 속에서 감사했다.

20170930
•

하나님은 이제

목적어가 아니고 주어입니다.

하나님은

내가 숨쉬는 동안에

공기처럼 편만하시고

바람처럼 다니시며 나를 만지시며

바다처럼 늘 모자람 없이 채우십니다.

때론 봄비처럼 속삭이시고

가끔씩 천둥처럼 소리치시며

선하심으로 나를 붉게 물들이시고

나의 더러움을 눈처럼 덮으십니다.

하늘의 높음으로 나를 낮추시며
땅의 넓음으로 나를 작게 하시고
해와 달과 별처럼 순종케 하십니다.
그분이 나의 목적인 줄 알았는데
내가 그분의 목적이었습니다.

20171005
.

풀처럼 가볍게 와서
화초인 듯 뽐내다가
찬바람에 말라버린 너처럼
사라질 수 있다면

이제는 빈 껍질 되어
우는 소리 멈춘 너처럼
바람 타고 휘리릭 나도 날아갈 수 있다면

팔다리가 묶이고 헐떡거리는 가슴
영락없이 포로 된 이 게임을
종료할 수 있다면

질기고 게으른 이 싸움
내 것이 아니었으면

20171006

•

나도 너희들과 여행하고 싶어
이 가을이 더 쓸쓸해지기 전에
내년 가을은 없을지도 몰라

20171009

•

사람이 이래가지고 어떻게 살 수가 있어?
몸의 기능이 하나씩 사라질 때마다
이건 끝이야 절망감에 힘든 시간을 보낸다.
손 힘이 빠져 내 손으로 내 얼굴도 머리도 만질 수 없고
그래서 세수도 이도 닦을 수 없고 머리도 빗을 수 없게
되었을 때 절망적이었다.
그러나 지금은 적응하고 일상이 되었다.
절뚝거리던 다리는 더이상 걸을 수 없게 되었고
의자에서 손을 잡아 줘야 일어나다 이제는 두 손으로
안아서 일으켜
휠체어로 변기로 침대로 옮겨줘야 한다.
이것도 적응한다 일상으로.
어느 날 밤 침대에 누워 왼쪽으로도 오른쪽으로도
전혀 움직일 수 없었을 때
버티고 버티다 소리를 질렀다.
수면제를 먹어도 한번씩은 옆에서 몸을 움직여 줘야
잠을 잔다. 이것도 조금은 익숙해졌다.
밥을 먹을 때 숟가락을 들지 못해 고개를 바닥까지 내리고

밥을 떠 넘기면
목에서 내려가는 시간이 한참 걸린다.
조금씩 천천히 식사량이 4분의 1로 줄었다.
어디까지 가야 할까? 이론은 알지만 나는 알 수가 없다.
언제까지 상실을 일상으로 바꿔나가는 게 가능한 건지.
나는 아무것도 할 수 없다. 마음을 놓아 주는 수밖에.
색이 바래고 바래 내가 지워지는 수밖에.
오래 전부터 나를 살게 했던 힘.
그분을 의지하는 것 그가 주인임을 믿는 것 그 외에
상실을 일상으로 변하게 하는 힘은
정말 내게는 없다.

20171013
•
늙은 가을볕은 식어가고
더이상 익힐 것도 없어
열매를 낳은 탯줄을 말려
갈무리를 시작한다
산천은 아름답게 물들어
다시 한번 불타오르고
곧 마른 잎과 스러진 풀들이
땅을 덮겠지
그 이불을 덮고
씨앗들과 벌레알들이
같이 겨울잠을 자고
웅성웅성 땅이 덮혀지고

생명이 깨어나는 봄엔
기지개를 켜겠지
세상은 곧 고요해질 텐데
그들과의 교감의 문을 닫고
긴긴 겨울 우리는 무엇을 하며
시간을 보낼까?
추운 겨울도 분명 좋았는데
병든 몸이 굳어질까 봐
겨울이 오기 전 봄을 기다리는
성급하고 쓸쓸한 마음

20171025

•

노린재 한 마리
뜯어볼수록 훌륭한 디자인
육각형의 몸 비례뿐만 아니라
끊어질 듯 이어지는 다리 선이
예술이다.

20171026

•

마음에
숨길 것도 부끄러울 것도
자랑할 것도 없다는 건
참 편하고 좋은 일입니다.
내 안에서 복잡하게 계산되고
얽혀 있던 그 존재들은
다 어디로 갔는지
이 낮은 곳에서는
나를 가릴 것이 아무것도 없습니다.
어차피 다 보일 테지요.
그러니 있는 그대로 존재하고
나를 펼쳐놓고 읽어도 좋다고 말할 뿐입니다.
내려 놓는 것이 하나하나
그렇게 힘겹더니 내려와 앉으니
버릴 것도 없어 편안합니다.

20171031

．

보고 싶다고

고마운 마음 때문에
추운 날씨에도
단풍은 붉게 물드는가 보다.

20171101

．

손으로 책장을 넘길 수 없어서
더이상 책을 읽을 수 없습니다
무언가 가능했던 시간들은 차곡차곡 접혀져 하나씩 사라지고
무위의 시간은 점점 펼쳐집니다.
언젠가 소통 없는 벽을 마주하겠죠.
내 목소리조차 없어져버리면
귀를 기울여 소리를 듣고
평생 근시인 적 없었던 눈을 들어
멀리 바라봐야 하나 생각합니다.
이제 와서 꼭 책을 봐야 하는 건 아닙니다.

20171105

·

쥐눈이콩만한 벌레가 햇빛을 받으며
유리창 위를 반짝거리며 기어간다.
작은 몸에서 날개가 나오더니 호로록 날아가네.
조그만 것이 나보다 낫구나.
엄지손톱만한 벌레가 신나게 벽을 타다 저보다 한참 작은
거미의 마수에 걸렸다.
대롱대롱 공중에 매달려 발버둥칠수록 꽁꽁 묶이네.
너나 나나 묶인 건 매한가지

20171109

·

집안에선 10분이 1시간처럼 멈춰있고
밖에서 1시가우 10분처럼 지나간다.
추운 날 햇볕이 드는 건 참 고마운 일
숲이 매일매일 어떻게 변하는지
밖에서 잠시라도 느껴볼 수 있게
겨우내 햇볕이 양지를 만들어 주었으면

20171110

•

입동이 지나고
오늘은 먹구름이 몰려왔다.
펄벅의 〈대지〉, 그 영화에서 본 메뚜기 떼같이,
휘몰아치는 바람에
나무들이 비명을 지르고 잎들은 날리며
하늘을 까맣게 덮는다.
바람이 나무의 옷을 사정없이 벗긴다.
추풍낙엽, 바람 소리가 소멸을 나팔 분다.
봄에 틔운 잎이 자라고 숲을 푸르게 꽉 채우고
열매도 낳고 붉게 물들었건만 때는 오고야 마는구나.
하나도 남기지 않고 떠날 때가 되었다.

20171116

•

세월호를 제외하면
내 인생의 가장 쇼킹했던 삼풍 사고가 나던 날
나는 정말 일생일대의 꿈을 꾸었다.
그 날 언니와 난 삼풍에서 만나기로 했다.
그 당시 선풍적인 인기를 끌던 라리 케익 전문점에서 만나
삼풍 식당가에서 저녁을 먹기로 했다.
과천에 살던 나는 제일 가까운 백화점이 삼풍인지라
자주 들렀고
죽으면 화장해달라는 나에게 남편은
재는 너 좋아하는 삼풍백화점 앞에 뿌려주겠다고 농담할
정도였다.
오후 약속을 앞두고 잠이 설핏 들었는데
너무 놀라운 광경이 펼쳐졌다.
적어도 수백명이 죽은 장례식이었다.
흰 천막은 끝이 보이지 않게 하늘을 다 가렸고
소복 입은 자로 가득차
세상이 다 흰색과 검은색과 통곡이었다.
셀 수 없이 많은 영정들 사이를 걸어다니며
어느 영정에 절을 해야할지 몰라하던 그 장면은
절대 현실에선 볼 수 없는 놀라운 장면이었다.
언니에게 전화해 너무 무서운 꿈을 꿨는데 컨디션이 안 좋아
못 나가겠다고 욕먹으며 약속을 취소했다.
얼마후 전화를 한 남편은
오늘 삼풍 안 갔어? 집에 있었구나 집에 있었구나
공포스러운 목소리 끝에 텔레비전을 켜라고 했다.

그 장면은 꿈이 아니라 현실이었다.

병에 걸리고

참 이상하다 생각했다

왜 그때 날 살려주신 거지?

며칠 전 세호가 인터넷을 보다가

"엄마 삼풍 사고 때 기억나?"

"말이라고 하냐? 죽을 뻔했는데"

"95년이니까 그때 나는 엄마 뱃속에 있었네?"

까맣게 잊고 있었다.

내가 그때 임신 중이었다는 거.

그래서 언니는 맛있는 걸 사주겠다 한 거고

임신 중이니 난데없는 낮잠을 잔 거였다.

결국 세호를 살리시기 위한 게 아니었는지!

세호는 하나님께서 약속하시고

불임 끝에 기적적으로 낳은 늦둥이다.

이름도 모세 세자 여호수아 호자

어마한 이름이 아깝지 않은 따뜻함의 아이콘이다.

큰 오페라 무대 커튼 뒤에서 형형색색의 커다란 구슬이 담긴

서랍을 받아든 태몽대로

세호는 음악을 하며 늘 무대를 꿈꾸고 있다.

다정다감하고 친절한 세호

나의 손발이 되어주는 사랑스럽고 고마운 아들.

"세호 안 낳았으면 어쩔 뻔했니?" 라고 말하는 친구들에게

"쟤가 나 간병하려고 태어난 건 아니나 나를 통해

더 성숙해지겠지"라고 말한다

자기밖에 모르던 철부지 요셉을

수많은 고난을 통해 훈련시키고

이집트 총리의 자리에 앉혀 가족과 후손들을 구하고
그 족보를 통해 오신 예수님이 인류를 구원하도록
역사의 도구로 사용하신 하나님의 섭리가
세호에게도 함께하심을 믿는다.
네가 나를 돌보느라 앞으로도 옆으로도 못 가고
너의 청춘이 내게 묶여있구나.
그러나 안타까움을 뒤로 하고 너의 힘듦이 너를
크게 넓게 자라게 하기를 기도드린다.
너의 노래가 그래서 많은 사람들에게 위로가 될 거라고
믿는다.
세호야 오늘은 네 생일
엄마 아들로 와주어 고맙다.
내가 언제나 널 지켜볼게, 사랑한다.

20171125

•

널 기억할 때마다 소스라쳐
문지르고 문질러 지울 수 있다면
눈물 방울 뚝뚝 떨어뜨려
주먹으로 빡빡 문지르겠네.
그것이 나였는지 젊음이었는지
서랍 속에 묻어두고 쌓인 먼지들은
오래도록 털어지지가 않네.
그저 내버려 두라고 그 시간도 아름다웠다고
누군가 속삭이는데
계속 지우라고 텅 비우라고

순결한 목소리가 권유한다네
나는 계속 이것저것 지우느라
허기지고 외로워진다네.

20171125
•
예전에 서점에 가면 표지가 마음에 든다는 이유만으로도
책을 산 적이 많았다.
북 디자인이 업이다 보니 표지뿐만 아니라 내지의 디자인 소스
하나 때문에 구입하기도 했었다.
책을 만들 때 고려할 부분이 한두 가지가 아니다.
표지 디자인과 내지의 마진, 타이포 디자인뿐만 아니라
판형, 종이, 두께, 인쇄, 제본 방법까지.
손 힘이 약해 이제 무거운 책, 가벼운 책, 두꺼운 책, 얇은 책
할 것 없이 스스로 넘길 수 없게 되다 보니
잘 펴지고 잘 넘어가는 책이 나에겐 최고의 책이다.
그런데 그게 나만의 문제는 아닐 것이다.
페이지 수가 많은데도 두꺼운 종이를 사용하고
떡제본을 해서 넘길 때마다 손톱 마름질을 해야 되는 책,
아니면 책이 벌어지지 않아
한쪽을 돌돌 말아 두루마리 책으로 읽어야 하는 경우도 있다.
눈에 보이는 쌈박한 디자인도 중요하지만
편하게 읽을 수 있도록 배려하지 않은 책은 잘된 디자인이라고
할 수 없다.
책이 잘 펼쳐지도록 책장을 넘겨가며 아들이 발로 자근자근
밟는 사전 작업을 해주어 오랜만에 종이책을 한 권 읽을 수

있었다. 책을 읽을 수 있다는 건 얼마나 감사한 일인지.

그러고 보면 비록 두껍지만 어느 페이지나 활짝 벌어지는

성경책이

내겐 제일 편하고 좋은 안성맞춤 디자인인지도 모르겠다.

20171129

•

올해는 가을이 짧았다.

이영미씨는 2009년 6월부터 2016년 4월까지 재단법인 예올의
2대 사무국장으로 일했다. 햇수로 8년이니 아직은 이영미 씨가
예올의 역대 최장수 사무국장이기도 하다.
입사 인터뷰의 첫인상은 튀지 않고 온유한 느낌이었다.
경력 단절이 길었고 나이가 좀 많은 편이었지만 함께 일하기로
했고 그것이 좋은 인연의 시작이었다.
예올은 2002년에 우리나라 곳곳의 문화재 안내판 하나라도
아름답게 재정비해보자는 소박한 생각에서 비영리 시민 단체로
출발했다. 돌아보면 이영미씨가 합류한 그 무렵은 예올이 나아갈
방향성에 대한 고민이 컸던 시절이었다. 문화 유산 보존에
힘 되는 일을 하자는 뜻은 분명했으나 초창기의 탐색 과정을 거쳐
구체적으로 앞으로 어떤 부문에 역량을 집중할 것인가 논의를
거듭하던 시기였다.
예올에서 진행한 첫 강의 프로그램의 주제는 사직단이었다.
사적 121호 사직단의 복원, 정비를 통한 역사성 회복 운동은
예올의 역점 사업으로 자리잡아 문화재청이 지정한 한문화재
한지킴이 프로그램의 사직단 지킴이로서 활동하게 되었다.
그 과정에서 이영미 사무국장이 보여준 '의로운 열정'을 기억한다.
단순히 직장 일로서가 아니라 사직단 훼손에 분개하고
그걸 알리고 복원하는 일에 진심이었다.
여수 애양원 기록 보존과 정리 작업, 여수 지역 문화재 안내
체계 개선 사업, 부여의 지역 문화 싹틔우기 사업, 장인 후원,
젊은 공예인 프로젝트, 봄가을의 회원 대상 역사 문화 답사

김영명
재단법인 예올 이사장. 이영미와 여러 해 함께 일했던 기억들을
꼼꼼히 되살려 주었다. 아픈 내용이지만 사람들이 이 책을 읽으면서
희망을 발견하게 되기를 바란다고 했다.

프로그램들을 진행하면서 많이 애썼다.

무엇보다 이영미 국장이 수준을 높여준 예올 소식지 〈예올방〉이
감사하다. 편집 디자이너로서의 특별한 감각과 글에 대한
애정으로 부족한 뉴스레터였던 〈예올방〉의 체계를 잘 잡아주어
지금까지 유지하고 있다.

2016년 봄, 자꾸 팔이 아프다고 침도 맞으러 다니고 병원도
가보곤 하는 것 같더니 루게릭병으로 진단받았다는 놀라운
얘기를 했다. 우리 나이에 흔히들 있는 근육통 정도로 생각했지
루게릭병이라니.

퇴사하고 1년 뒤에만 해도 카페에서 만나 아들이 밀고 나온
휠체어에 앉은 채로 얘기 나눴는데 코로나 사태 직전에 집으로
가서 누워있는 그를 만났을 때는 이미 대화가 어려웠다.
그런데도 얼굴이 맑았고 주변 사람을 두루 품고 편히 대하던
표정 그대로였다.

말년에 2년 남짓 침대에 누워서 꼼짝못하고 계시다가 돌아가신
내 친정어머니를 생각한다. 나이 60 넘어 90 정도까지 30년 동안
사람은 노화에 적응해가며 마침내 제 몸이 제 몸이 아닌 상황에
이른다. 아무리 누구나 다 가는 길이라 하더라도 남들은 길게,
서서히 겪는 그 과정을 이영미 씨는 2, 3 년 사이에 압축적으로
겪었다. 그러면서도 여전히 본인의 존엄성을 간직하고 있다.
우리가 저마다 살아가는 이 과정에 숙연해진다.

7. 하루 _____ 2017/11 - 2018/04

내게 단 하루가 주어진다면

꿈처럼 나의 몸이 과거로 돌아가 단 하루의 자유가

주어진다면

해뜨기 전 아침 일찍 벌떡 일어나 내 손으로 시원하게 빡빡

세수를 하고 이를 닦고

가족들을 위해 내 손으로 아침밥을 만들어야지.

밥을 먹으며 젓가락으로 반찬도 집어 줘야지.

그동안 나 먹여주느라 수고했다고. 시간 아까우니 설거지는

하지 말아야지. 멍멍이 진구 밥도 챙겨주고 공 던지기 하며

놀아주고 온몸으로 안아 주어야지.

혼자서 샤워를 하고 옷을 입고 백만년 만에 화장도 하고

외출을 해봐야지.

버스정류장까지 천천히 걸어 버스를 타고 지하철을 갈아타고

늘 곁에 있어준 친구들을 만나 점심으로 시원한 냉면을 시켜

남김없이 국물까지 클리어하고

빨대 없이 커피를 마시고 신나게 떠들어야지.

보고 싶었던 전시를 하나 보고 엘리베이터를 타지 말고

계단으로 내려와서

친구들과 헤어질 땐 꼭 안아 줘야지.

오랜만에 좋아하던 운전도 꼭 해 보고 싶어.

해가 기우는 노을진 도로를 막히지 않고 달리면 좋겠는데.

저녁엔 가족들 손주까지 다 모여 목구멍에서 가슴까지

뻥 뚫리게 시원한 맥주를 마시고 싶어.

앞날을 위해 다같이 건배해야지. 그리고 모두 고맙다고

사랑한다고 또 안아 줘야지.

마법이 풀리는 시간, 아쉬워하지 말고 꿈 같은 하루에

감사해야지.

20171203

DIARY

20171204

•

서쪽하늘 지나가는 햇빛

허전한 방 안, 흰 벽에

그림을 그리고 간다.

창밖의 나무들은 바람에 흔들린다.

20171215

•

남편이 외출을 하면 어린아이가 엄마를 기다리듯 기다린다.

문 열고 들어오는 모습이 어찌나 반가운지 예수님이 오신 것

같다. 나를 가장 편하게 돌보아 주는 존재이니 당연하다.

평생 쿨한 부부로 살다가 이렇게 기대는데 마음이

가볍지 않겠지.

"당신 어떡하냐 이제 노예선을 탄 거야"

"노예선은 아니고 노인선을 같이 탄 거지"

그래서 한참 웃었다.

수시로 이거해줘 저거해줘

뭔가 힘 쓸 일을 부탁하면

남편은 노래를 부른다.

여보 화장실 갈래

그렇다면 내가~

여보 쇼파로 좀 옮겨 줘

그렇다면 내가~

여보 나 좀 일으켜 줘

그렇다면 내가~
최진사댁 셋째 딸 한 소절을 주문 외우듯이 부르는데
그 소리가 왜 그리 든든한지.
"별거 아닌데 그 소리만 들으면 왜 힘이 나냐?"
"일종의 노동요라 할 수 있지"

노인선의 노동요,
그렇다면 내가~
힘을 좀 내봐야지.

20171220
·

결코 다시 오를 수 없는
그리움이라는 산이 있다.
그 산은 녹음이 짙어 푸르고
온갖 새들이 지저귀고
깨끗한 물이 계곡마다 흐르고
숲의 향기가 가득하지만
두 다리로 걸어갈 수도,
두 팔로 만질 수도 없는
안타까운 마음속 풍경

20171229

.

나는 무엇으로 사는가
무위의 공간과 시간에 갇혀
살아야 할 의미는 다 개념일 뿐
오직 인내만이 강요된
멈추지 않는 하강
끝날 때까지 주어진
절망 고통 절망
소망은 오직 그분의 것
육체의 고통은
그분의 뜻이
나의 소망이라는 것을
받아들이기 어렵게 한다.
내가 절망의 끝에 있어도
그분의 뜻은
이루어질 것이고
나는 그냥 고통스럽게
존재할 뿐이다.
내 온몸으로
겪을 수밖에 없는
이 현실 밖으로
그분이 이루실 일이
있다는 것을 믿는다.
그땐 소망의 빛과
만나게 될까?
주여 연약한 육체를

불쌍히 여기소서.

20171231
•

쉽지 않았지만
좋은 순간도 있었지
다시는 안 올 시간들
2017 안녕

20180104
•

원망 안 해?
누구? 하나님?
원망 안 해.
어떻게?
이 상황에 하나님도 없다면 어쩌겠어?
난 진짜 아무것도 아니지.
죽어서 무덤으로 끝나는 존재일 뿐이지.
그러니 그분이 계신 게 너무 다행이지.
하나님 원망할 일이 아니야
단지 이유를 알고 싶어.
이것이 그분의 뜻 안에서
무슨 의미가 있는 것인지
나중에 만나면 여쭤봐야지.

20180111

.

아들은 옆에서 책을 읽으며 귤을 까준다.
발밑에 진구는 내가 떨어뜨린 귤을 주워먹는다.
얼음이 꽁꽁 얼어붙은 창 밖의 겨울.
동장군이 무서워 창문을 꼭꼭 닫고
집 안에서만 갇혀 보내는 답답한 시간들
그래도 이 무료함을 함께 견뎌 주는
가족이 있어 감사하다.
가족은 힘들어도
힘들다 말하지 않는다.
견딜 수 있을 때까지
견뎌내는 것 같다.

20180220

.

내 다리에 나무가 자라
잠을 잘 수가 없어
발을 올릴까? 내릴까? 접을까?
에잇 어차피 오래 버틸 수도 없어
저리는 다리 너의 차가운 통증
얘랑 게임을 하고 있어
이겨야만 잠을 잘 수가 있어
이게 다리랑 싸우는 프로젝트인데
이걸 이겨야 잠을 잘 수 있어
헛소리 말고 잠 좀 자 봐

다리가 잠을 자야 잘 텐데

다리가 잠을 안 자

밤마다 치르는 전쟁

수면제와 신경안정제가

아픈 다리를 적으로 규정하고

아침이면 기억 못할 말들을 한다.

내 다리에서 나무가 자란다.

그래서 잠을 못 잔다.

나 때문에 잠 못 자는 두 사람이 있다.

남편과 아들

미안해 미안해

20180222

•

전복죽 야채죽 버섯소고기죽 양배추새우죽 시금치된장죽

종류별로 만들어 상상 못할 엄청난 양을 포장해

택배로 보낸 친구.

냉동실을 채운 죽들을 꺼내 데워 먹을 때마다 감동 받아서

삶이 감사해진다.

봄빛이 완연한 오늘 점심을 먹으며.

20180419

•

따뜻하게 덥혀 주던 해가
산등성이를 넘어가자
황혼이 남았습니다
혼자 이 시간을
뚫어지게 지켜 봅니다.

•

몸은 저만치 달아나네

마음은 몸을 붙들지 못하네

몸은 들판을 지나 언덕을 넘고 험한 산을 넘어가네

마음은 몸을 따라가지 못하네

•

20180801

이 책을 읽는 분들에게

자유롭게, 순전하게

진세호
곡을 쓰고 부르는 음악인이자 사운드 엔지니어이다.
저자 이영미가 37살에 낳은 작은아들이다. 발병 초기부터 엄마의 기사, 요리사,
활동 보조인이었고, 이영미가 말을 잃은 뒤로는 그 '입'이 되어 곁을 지키고 있다.

Youngmi lee의 페이스북 글은 2018년 8월 1일로 끝납니다.
병이 난 뒤로 엄마에게 세상을 향해 열린 소중한 창이었던
페이스북 계정의 마지막 글 네 줄입니다.

몸은 저만치 달아나네
마음은 몸을 따라가지 못하네
몸은 들판을 지나 언덕을 넘고 험한 산을 넘어가네
마음은 몸을 따라가지 못하네

발병한 지 2년 반이 지난 2018년 8월,
엄마는 호흡도, 음식을 삼키는 것도 너무 힘들어져 1년에 두세 번
찾아가던 세브란스 병원에 입원했습니다.
오랜만에 재어보니 몸무게가 20kg이 넘게 빠져있었습니다.
인공호흡기를 달고, 위를 뚫어 관을 삽입하는 위루 시술을
했습니다.
2주 가까이 입원해 있는 동안 상태가 급격히 나빠지더니 집으로
돌아와서도 좀처럼 회복하지 못했습니다.
입원 전만 해도 낮에는 휠체어에 앉아 생활하던 엄마는 이때부터
아예 침대에 누워 있게 되었고
병은 기다렸다는 듯이 빠르게 악화하기 시작했습니다.
오래 걸리더라도 책상 앞에 앉아 한 글자 한 글자 글을 쓰고,
천천히 조금씩 밥을 먹고,
맛이라는 걸 느끼기 위해 나중에는 누운 상태에서 침대를
세워서라도 한입 두입 음식을 넘겨보던 것도
다 불가능해졌습니다.
소파에 누워 텔레비전을 보고, 창밖을 바라보며 바깥바람을
느끼곤 하던 것도 그만,
꼼짝없이 누워서 천장만 바라보며, 무슨 맛인지도 모를 영양제를
뱃속으로 집어넣어 연명하는 하루하루를 보내게 된 겁니다.

그때까지만 해도 루게릭병의 가장 무서운 점은 팔다리를 못 쓰게
되는 건 줄 알았는데
턱없는 생각이었습니다.
이제부터가 시작이라는 걸 알려주기라도 하듯이 이전에는
상상하지도 못했던 문제들이
계속해서 생겨났습니다.

사람은 몸을 움직일 때만 근육을 쓰는 게 아니었습니다.
숨을 쉴 때, 목소리를 내어 말을 할 때, 음식을 삼킬 때, 심지어는
침을 삼킬 때도 근육을 씁니다.

가래를 뱉어내지도, 침을 삼키지도 못하게 된 엄마,
침을 삼키지 못하니 누군가 옆에 붙어서 흐르는 침을 끝없이
닦아줘야 했고 그것은 식구들의 몫이었습니다.
단 1분도 자리를 비울 수가 없었습니다.
인간이 침을 그렇게 많이 만들어낸다는 걸 그때 제대로 알게
되었습니다.
발병 초기에 엄마가 밤에 잠을 자지 못해 매일 함께 밤을 꼬박
새우던 때보다 더욱 힘든 날들이었습니다.
한 루게릭병 환우의 가족이 이 같은 과정을 겪다가
입안의 침을 빼주는 기기를 만들어내어 판매하는 걸
알게 되었습니다.
락앤락 통에 구멍을 뚫어 만든 간단한 장치였지만,
우리에게는 구원이나 다름없었습니다.

그다음 과제는 종일 누워만 있는 엄마의 '심심함'을 덜어주는
일이었습니다.
성경을 통독하고 찬송가를 듣는 중간중간에 영화를 골라 보다가
더 볼 게 없어지고 나서는

〈대장금〉, 〈다모〉 같은 예전 드라마에서부터 최신 예능까지
가리지 않게 되었습니다.

의미를 찾기 어려운 시간들이 느린 듯하면서도 아주 빠르게
흘러갑니다.

정신을 차려보면 하루에 서너 시간씩 착용하던 인공호흡기는
어느새 24시간 내내 착용하고 있고
힘겹게 입술을 움직여 한두 마디는 할 수 있었던 엄마와의 대화도
오래 전 일이 되었습니다.
병원에서 이제는 기관지 절개 수술을 해야할 때라고,
인공호흡기도 어느 정도 자가 호흡이 가능해야 기능을 한다고
얘기한 지도 꽤 되었습니다.
기관지 절개 수술을 완강하게 거부하는 엄마의 고집을 언제까지
존중할 수 있을까요?

병원에서 받아온 글자판의 자음과 모음을 손가락으로
짚어나가다가 엄마가 눈을 깜빡이면
그걸로 단어를 조합하여 의사 소통을 합니다.
(안구마우스도 시도해 보았지만 스스로 목이라도 가눌 수 있을 때
시작했더라면 모를까, 쉽지 않은 일이었습니다.)
글자판을 많이 쓰다보니 숙달되어 이제는 엄마와 눈으로
아쉬운 대로 짧은 대화를 주고받을 수 있습니다.

최근에 엄마가 그렇게 '눈으로 쓴' 글로 이 글을 마무리합니다.
엄마가 며칠 내용을 생각했고
글자판으로 받아적기 시작하여 여러 번 썼다 지웠다를 거듭하면서
완성했습니다.
그리운 친구들에게 보내는 인사 같은 글입니다.

내 몸의 움직임은 거의 멈췄다.
팽팽하던 악기의 줄이 튕겨나가듯
아우성치던 마지막 근육의 떨림이 사라진지도 오래 전이다.
나는 내 몸에 갇혀버렸다.
지금까지 아주 힘든 고난의 시간들을 보냈다.
하지만 이 길의 시작과 끝을 아시는 주님이 함께 하시기에 원망도
두려움도 후회도 없다.
내 것인줄 알았던 모든 것, 내 몸조차 내 것이 아님을 깨닫는
시간이었다.
남은 시간도 몸은 묶였으나 마음은 자유롭게,
강보에 싸인 아기처럼 순전하게,
평화롭게 살아내길 기도한다.
나를 위해 애쓰는 모두에게 고맙고 미안하고 사랑한다고
마음을 전한다.

내 평생에 선하심과 인자하심이
반드시 나를 따르리니
내가 여호와의 집에 영원히 살리로다
- 시편 23편

표지 책의 앞표지는 버밀리언, 뒷표지는 올리브, 상반된 색으로 한다. 한 가지 색으로는, 몸은 매였으나 벼린 정신의 이영미를 드러내기에 부족했다. 이영미가 찍은 겨울 궁남지 사진을 띠지의 바탕으로 썼다. 수분 마른 연잎대가 뚫린 듯 막힌 듯, 그가 겪어온 지난 5년의 '숨과 근육의 기억'을 보여주는 것 같다. 제본은 책이 완전히 펴지는 사철 제본 방식을 선택하였다. '잘 펴지고 잘 넘어가 (몸이 불편한 사람도) 편하게 읽을 수 있도록 배려하지 않은 책은 잘된 디자인이라고 할 수 없다'는 이영미의 토로를 새겼다.